哈日族自學手冊

編著 魏巍・王淑惠
繪圖 魏巍

書泉出版社 印行

附贈50音大海報

為了方便讀者學習，本書特別於書後夾帶平假名與片假名50音大海報兩張。貼在常看到的地方或轉角，每天接觸，學習更快速。

互動光碟，快速學習

利用本書附贈的互動光碟，在電腦上展開多媒體的語言學習。不會說的單詞，用滑鼠點擊螢幕上的按鈕就可以聽到發音。100% 好玩有趣又有成效的學習法。

附贈日語50音練習冊

本書光碟中附有PDF格式的50音練習冊檔案。可視自己的學習的情況列印學習。

看圖認識單字 快速有效

看圖記憶單詞，採取意象的方式接收資訊，讓自己在腦中直接有了單字的形象。在看著精美插圖的同時，不知不覺地就把單字記起來了。

漫畫圖解發音 全書標有拼音

你從來沒有學過日語嗎？別怕！本書從最基礎的日語50音開始帶讀者入門，全書單字也都標有拼音，即使從來沒有學過日語的讀者，也可以輕鬆上手。

圖～圖～圖～看圖輕鬆學日語！

親愛的讀者，你挖到寶啦！「日語大獻寶」是一本簡單到不行的日語學習書。從漫畫圖解日語發音開始，精選日常生活中最常用、最重要的詞彙，以圖解的方式呈現給想要學習日語的每個人。即使從來沒有學過日語的讀者，也可以輕鬆上手。

你覺得學日語辛苦嗎？你背單字遭遇了困難嗎？本書是你學習日語的法寶，互動光碟幫助你快速地學習新的語言。打開本書，就好像進入了寶山，突然發現，原來學習日語是這麼地容易：每個單詞都配有插畫，使你原本枯燥乏味的死記工作，變成好像在看漫畫書一樣地輕鬆。配合隨書附贈的MP3光碟及50音練習本，你一定可以更有效地記憶單字，說出更標準的日語。

目錄
もくじ

01日語發音

CD-01

你想學日文，但不知從何學起嗎？
悶
看不懂
瞎米？
初学
別擔心！
本書專門
為沒學過
日語的你
量身打造！

大家好，歡迎
大家一起來學
習日文。
作者
在本書的一開
始，我們要簡
單地介紹日語
的發音　。

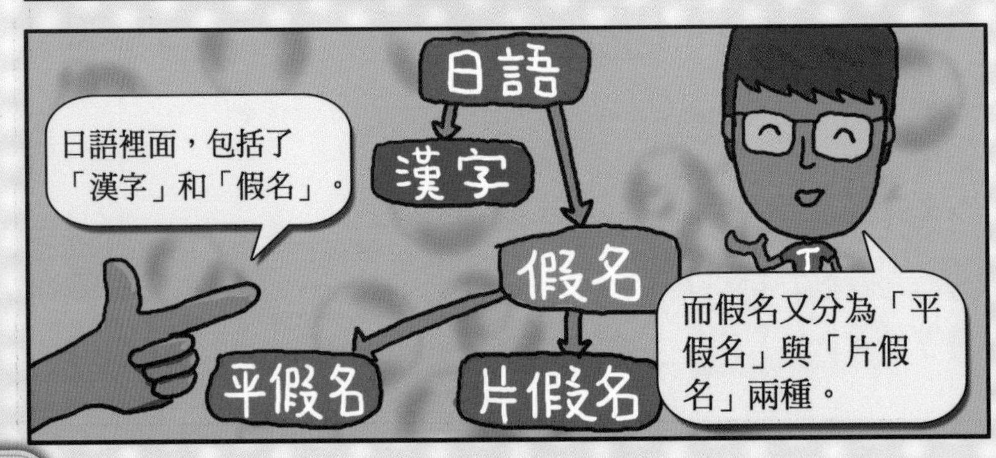
日語
日語裡面，包括了
「漢字」和「假名」。
漢字
假名
平假名
片假名
而假名又分為「平
假名」與「片假
名」兩種。

太有趣了！看漫畫輕鬆學日語50音！

日語包含了漢字和假名 假名又分平假名與片假名

平假名

フランス語は英語より難しいです。

片假名　　漢字

比方說：「フランス語は英語より難しいです。」(法語比英語難。)一句中，「語」、「英語」及「難」是漢字，「フランス」是片假名，而「は」、「より」、「しい」及「です」則是平假名。。

我們從日語的「平假名」和「片假名」介紹起。
你可以把這些「假名」想像成我們的注音符號。學會了這些注音符號，就可以拼出各個日語單詞的發音。

在假名中，因為發音的不同，還可以分成清音、濁音、半濁音、促音、長音與拗音等不同的類型。

我們先來介紹其中清音、鼻音和助詞を的部分。也就是所謂的日語50音。

日語的平假名

張開口跟著說，記得更快喔！

平假名	あ段	い段	う段	え段	お段
あ行	あ [a]	い [i]	う [u]	え [e]	お [o]
か行	か [ka]	き [ki]	く [ku]	け [ke]	こ [ko]
さ行	さ [sa]	し [si]	す [su]	せ [se]	そ [so]
た行	た [ta]	ち [chi]	つ [tu]	て [te]	と [to]
な行	な [na]	に [ni]	ぬ [nu]	ね [ne]	の [no]
は行	は [ha]	ひ [hi]	ふ [fu]	へ [he]	ほ [ho]
ま行	ま [ma]	み [mi]	む [mu]	め [me]	も [mo]
や行	や [ya]		ゆ [yu]		よ [yo]
ら行	ら [ra]	り [ri]	る [ru]	れ [re]	ろ [ro]
わ行	わ [wa]				を [o]
	ん [n]				

日語的片假名

學完了平假名，接著我們介紹日語的片假名。

外來語

強調語氣

片假名 Go!

片假名主要用在外來語的表現上。有時候要表現強調語氣的話，也會使用到片假名。以下就是片假名的列表整理。

片假名	ア段	イ段	ウ段	エ段	オ段
ア行	ア [a]	イ [i]	ウ [u]	エ [e]	オ [o]
カ行	カ [ka]	キ [ki]	ク [ku]	ケ [ke]	コ [ko]
サ行	サ [sa]	シ [si]	ス [su]	セ [se]	ソ [so]
タ行	タ [ta]	チ [chi]	ツ [tu]	テ [te]	ト [to]
ナ行	ナ [na]	ニ [ni]	ヌ [nu]	ネ [ne]	ノ [no]
ハ行	ハ [ha]	ヒ [hi]	フ [fu]	ヘ [he]	ホ [ho]
マ行	マ [ma]	ミ [mi]	ム [mu]	メ [me]	モ [mo]
ヤ行	ヤ [ya]		ユ [yu]		ヨ [yo]
ラ行	ラ [ra]	リ [ri]	ル [ru]	レ [re]	ロ [ro]
ワ行	ワ [wa]				ヲ [o]
	ン [n]				

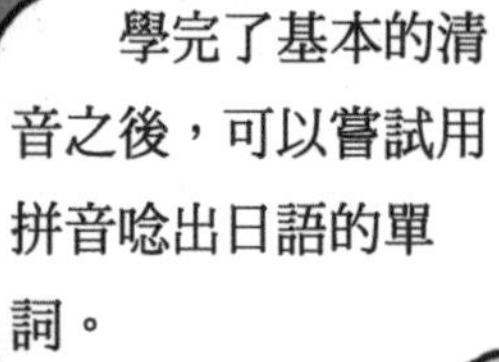

學完了基本的清音之後，可以嘗試用拼音唸出日語的單詞。

比方說本書第31章裡，日語的「對不起」是「すみません」。學了清音之後，就可以試著唸出「su-mi-ma-sen」這樣的發音。

得意→

可是…，可是這麼多的字母，我怎麼記得起那個發那個音呢？

我的頭好昏！

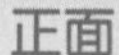

正面

反面

可以拿空白的卡片，一面寫上日語發音，一面寫上平假名或片假名，用玩撲克牌的心情，來記憶各個字母。

除此以外，可以把本書附贈的50音海報掛在家中的房間裡，每天看海報每天記憶單詞。把嘴巴打開，跟著MP3裡老師的聲音，一起練習日語的發音。

除了清音之外，日文還有濁音及半濁音。濁音就是在清音的右上方加上「"」所形成的音；而半濁音就是清音的右上方加上「。」所形成的音。

如下表，平假名的濁音和半濁音：

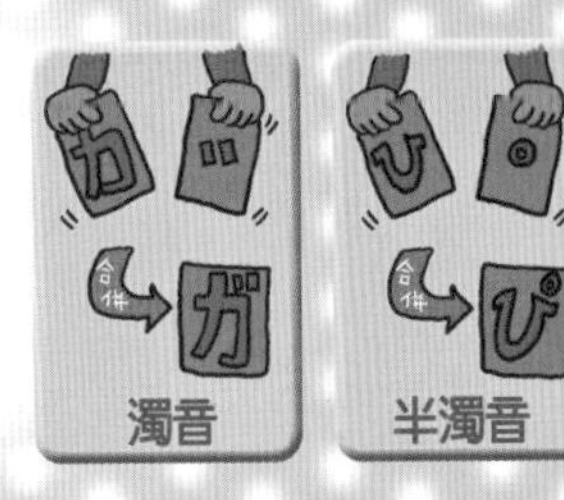

濁音、半濁音（平假名部分）

が [ga]	ぎ [gi]	ぐ [gu]	げ [ge]	ご [go]
ざ [za]	じ [zi]	ず [zu]	ぜ [ze]	ぞ [zo]
だ [da]	ぢ [zi]	づ [zu]	で [de]	ど [do]
ば [ba]	び [bi]	ぶ [bu]	べ [be]	ぼ [bo]
ぱ [pa]	ぴ [pi]	ぷ [pu]	ぺ [pe]	ぽ [po]

濁音、半濁音（片假名部分）

ガ [ga]	ギ [gi]	グ [gu]	ゲ [ge]	ゴ [go]
ザ [za]	ジ [zi]	ズ [zu]	ゼ [ze]	ゾ [zo]
ダ [da]	ヂ [zi]	ヅ [zu]	デ [de]	ド [do]
バ [ba]	ビ [bi]	ブ [bu]	ベ [be]	ボ [bo]
パ [pa]	ピ [pi]	プ [pu]	ペ [pe]	ポ [po]

日語的拗音

一面跟著隨書附送的MP3或CD，一面學著發音，你會發現其實真正的日文發音和羅馬拼音有很大的不同。

所以學習的時候，請不要光用眼睛看書而不用耳朵聽、不動口發音。好好利用學習光碟吧！學習每一種語言除了眼到，還要口到、耳到、心到，這樣才能學好外語。

書裡的每個單詞在光碟裡都有發音。從各個單詞學習50音也是不錯的選擇。

把嘴巴張開，跟著MP3裡老師的聲音，一起練習日語的發音。

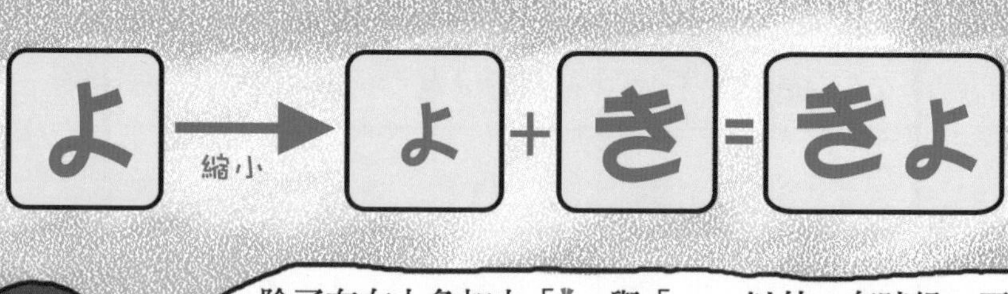

除了在右上角加上「〃」與「。」以外，有時候，平假名「や」、「ゆ」、「よ」或是寫成片假名的「ヤ」、「ユ」、「ヨ」會縮小，和其他的假名合成一個單字。這叫做「拗音」。拗音在念的時候，連起來的兩的假名要一起連著念。 右邊是拗音的整理表

日語的拗音列表

平假名部分

きゃ [kya]	きゅ [kyu]	きょ [kyo]
しゃ [sya]	しゅ [syu]	しょ [syo]
ちゃ [cya]	ちゅ [cyu]	ちょ [cyo]
にゃ [nya]	にゅ [nyu]	にょ [nyo]
ひゃ [hya]	ひゅ [hyu]	ひょ [hyo]
みゃ [mya]	みゅ [myu]	みょ [myo]
りゃ [rya]	りゅ [ryu]	りょ [ryo]
ぎゃ [gya]	ぎゅ [gyu]	ぎょ [gyo]
じゃ [zya]	じゅ [zyu]	じょ [zyo]
びゃ [bya]	びゅ [byu]	びょ [byo]
ぴゃ [pya]	ぴゅ [pyu]	ぴょ [pyo]

片假名部分

キャ [kya]	キュ [kyu]	キョ [kyo]
シャ [sya]	シュ [syu]	ショ [syo]
チャ [cya]	チュ [cyu]	チョ [cyo]
ニャ [nya]	ニュ [nyu]	ニョ [nyo]
ヒャ [hya]	ヒュ [hyu]	ヒョ [hyo]
ミャ [mya]	ミュ [myu]	ミョ [myo]
リャ [rya]	リュ [ryu]	リョ [ryo]
ギャ [gya]	ギュ [gyu]	ギョ [gyo]
ジャ [zya]	ジュ [zyu]	ジョ [zyo]
ビャ [bya]	ビュ [byu]	ビョ [byo]
ピャ [pya]	ピュ [pyu]	ピョ [pyo]

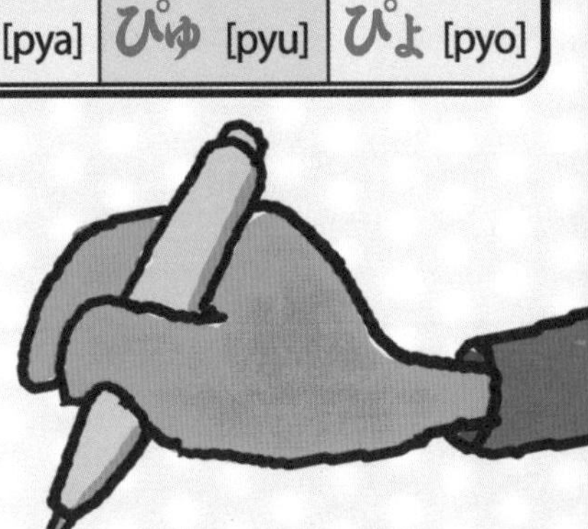

日語的促音

另外平假名「つ」或是片假名「ツ」也會縮小。
變小!
つつつっ
這時候，和前面假名合成的音，叫做「促音」。
促音

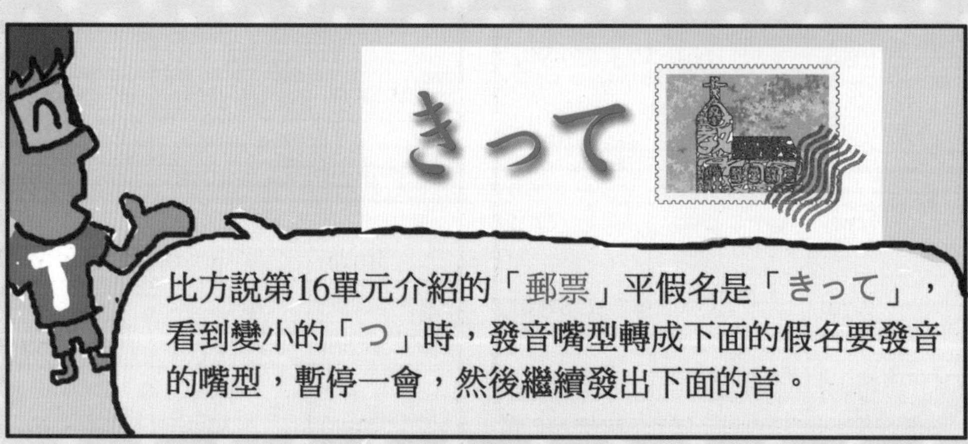
きって
比方說第16單元介紹的「郵票」平假名是「きって」，看到變小的「つ」時，發音嘴型轉成下面的假名要發音的嘴型，暫停一會，然後繼續發出下面的音。

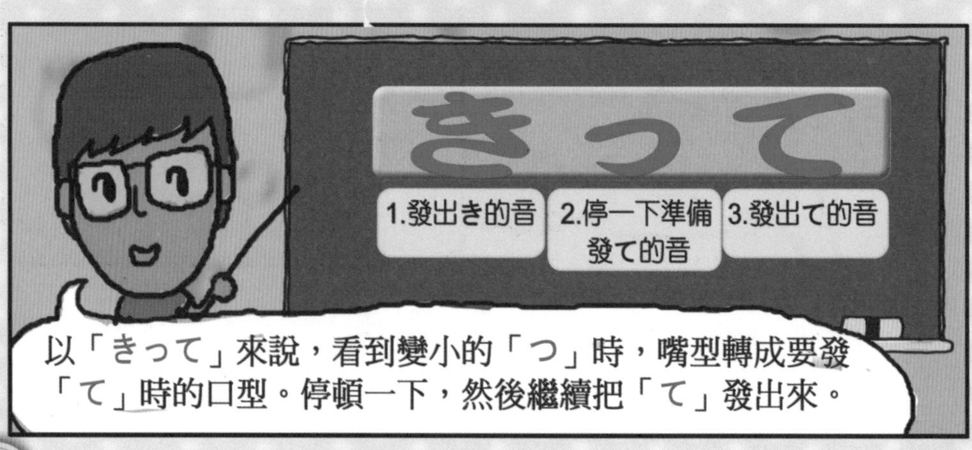
きって
1.發出き的音
2.停一下準備發て的音
3.發出て的音
以「きって」來說，看到變小的「つ」時，嘴型轉成要發「て」時的口型。停頓一下，然後繼續把「て」發出來。

最後是和促音相對的「長音」。平假名中，在あ段音後面加上あ；在い段音後面加上い；在う段音後面加上う；在え段音後面加上え或い；在お段音後面加上お，就會把前面的假名的母音部分，也就是「あ」、「い」、「う」、「え」或「お」的聲音拉長。

平假名的長音

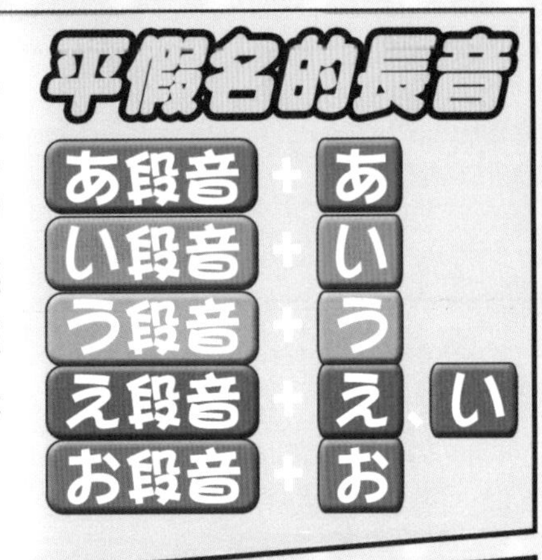

比方說第八單元的「數學」一詞。平假名是「すうがく」這邊就會發長音「suugaku」。

片假名的長音

而在片假名中，長音的表現，是在後面加上「ー」，比方說「咖啡」，片假名是「コーヒー」，這邊就要發長音「koohii」

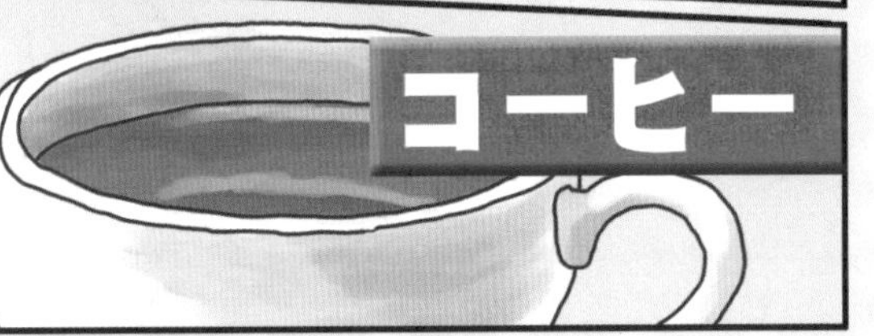

看到這邊，花了你不到30分鐘吧？

接下來，請打開本書，看著插圖、聽著MP3，配合互動光碟，利用現在學的發音規則，快速地學習日語吧。

日語的長音

02 身體 体 からだ CD-02 karada

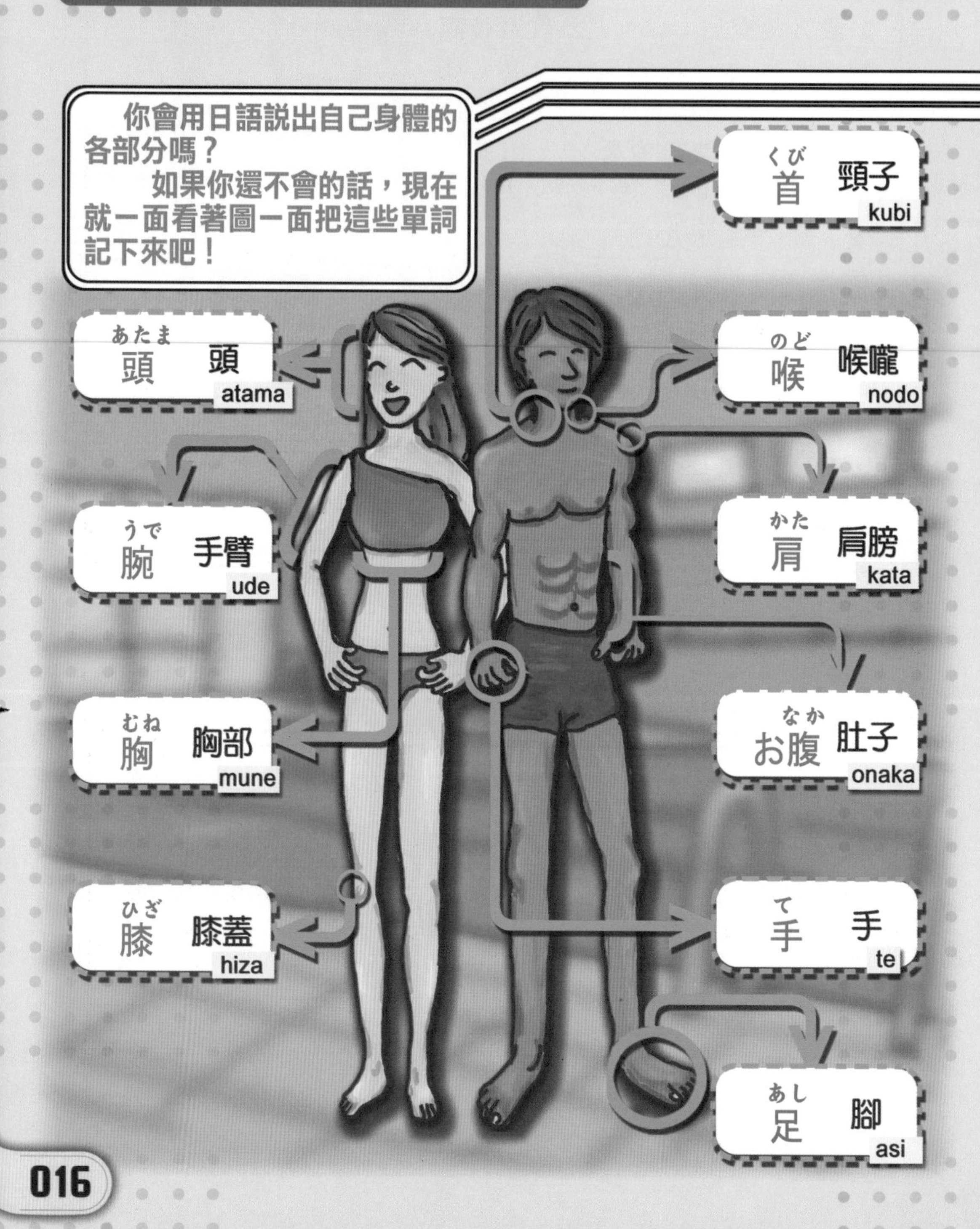

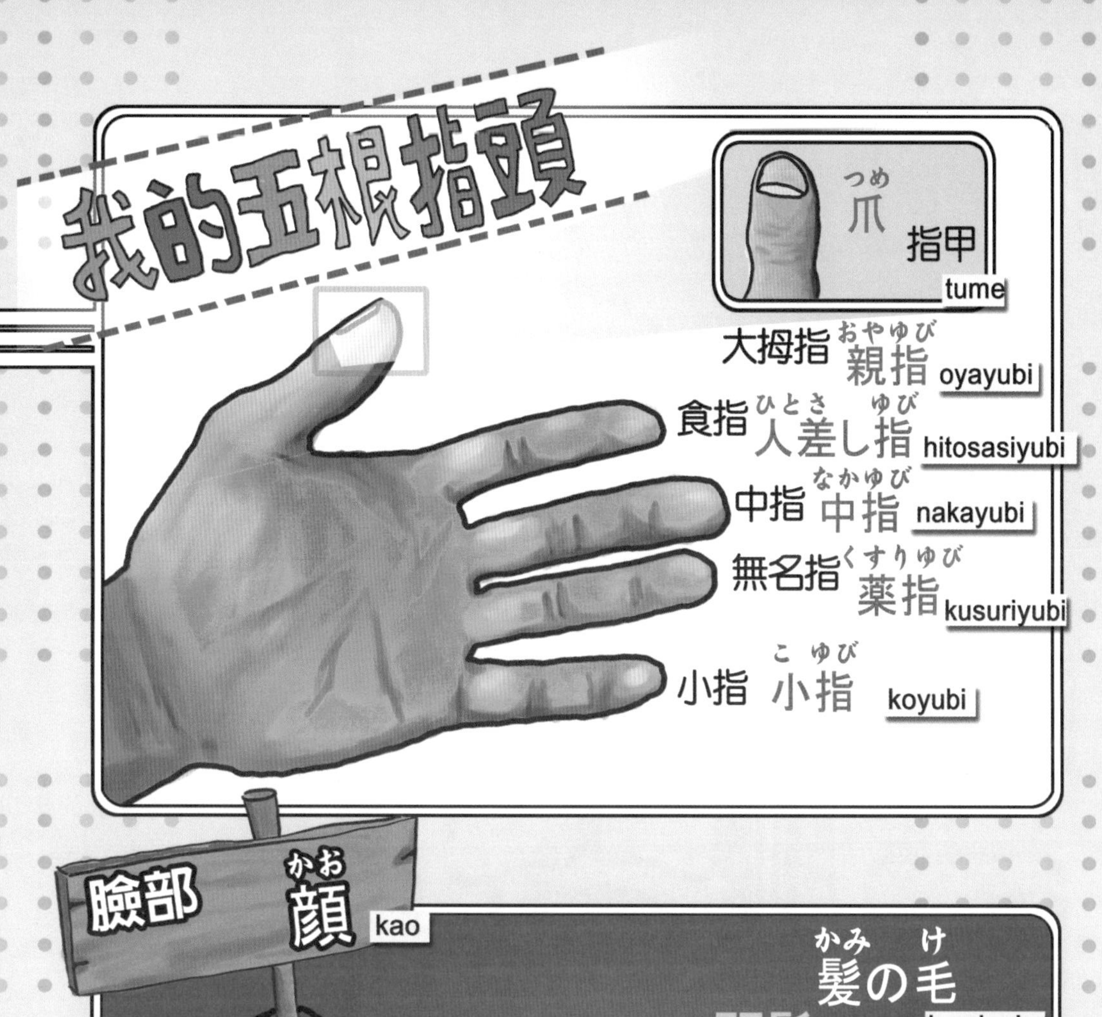
我的五根指頭
つめ
爪
指甲
tume
大拇指
おやゆび
親指
oyayubi
食指
ひとさしゆび
人差し指
hitosasiyubi
中指
なかゆび
中指
nakayubi
無名指
くすりゆび
薬指
kusuriyubi
小指
こゆび
小指
koyubi

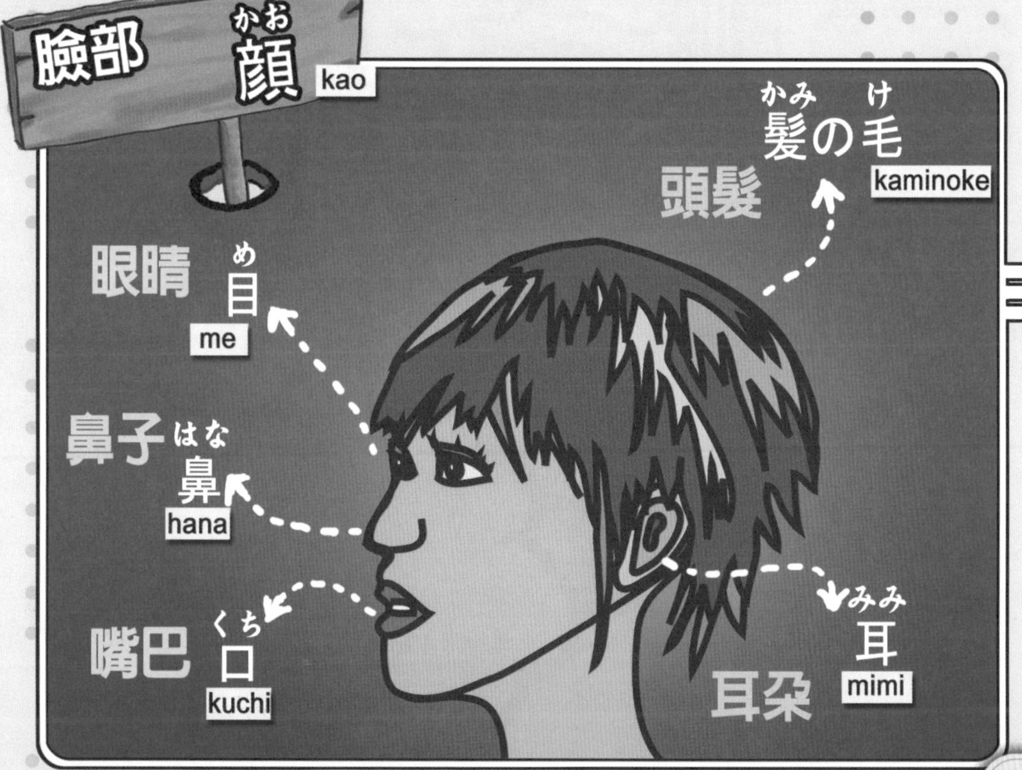
臉部
かお
顔
kao
頭髮
かみのけ
髪の毛
kaminoke
眼睛
め
目
me
鼻子
はな
鼻
hana
嘴巴
くち
口
kuchi
耳朵
みみ
耳
mimi

身體的各個部位

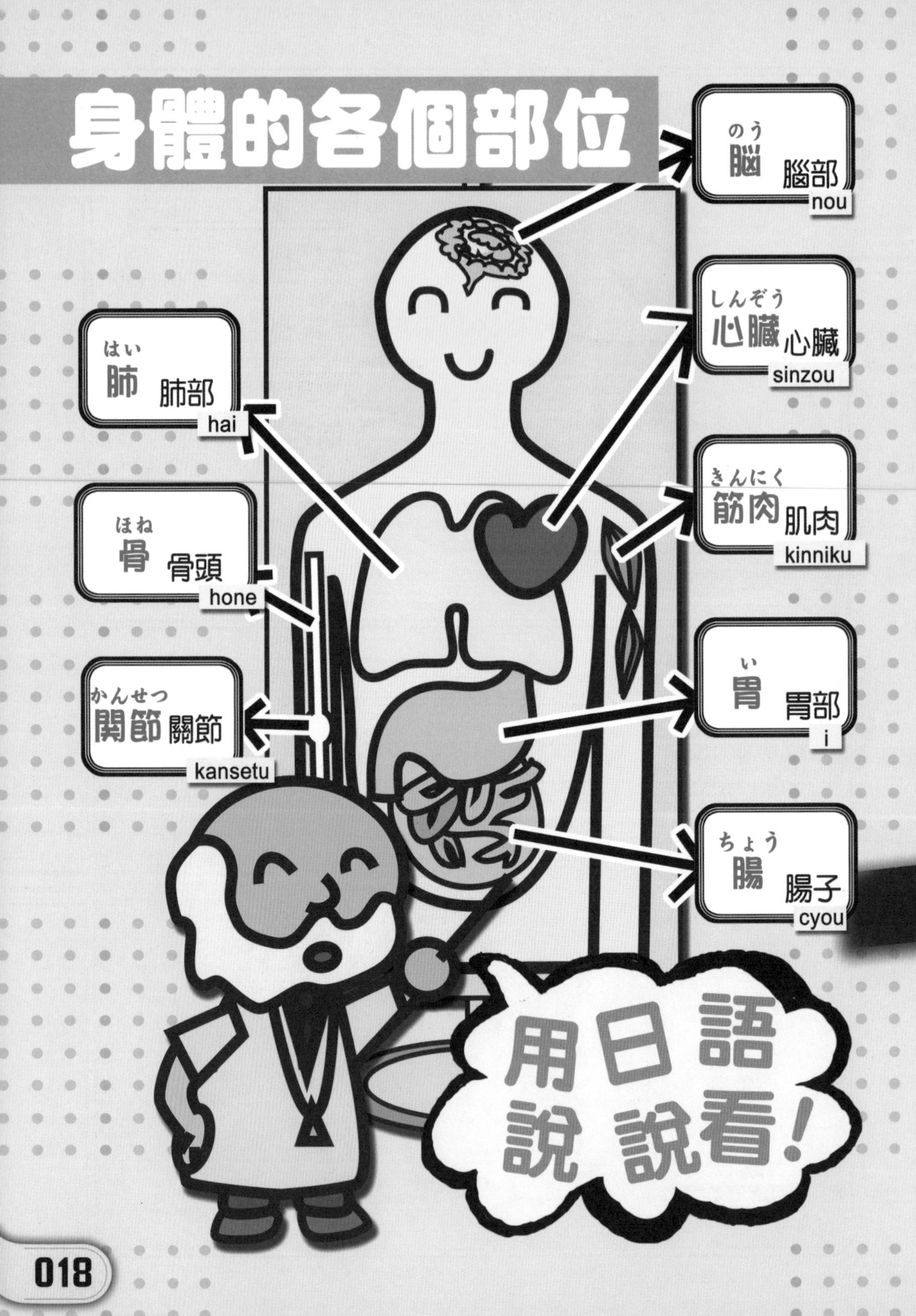

のう
脳 腦部
nou
しんぞう
心臓 心臟
sinzou
はい
肺 肺部
hai
きんにく
筋肉 肌肉
kinniku
ほね
骨 骨頭
hone
い
胃 胃部
i
かんせつ
関節 關節
kansetu
ちょう
腸 腸子
cyou
用日語說說看！

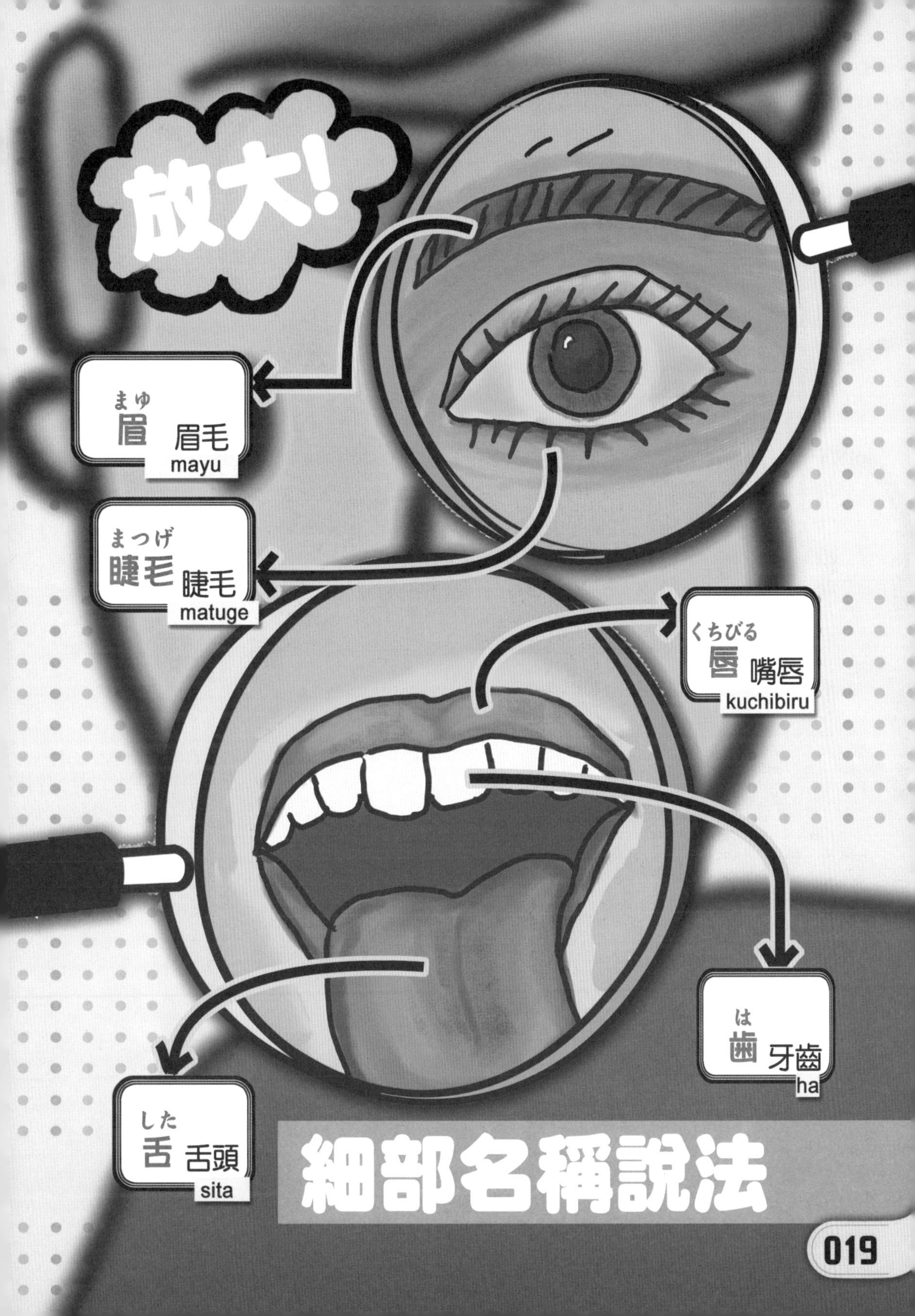
放大!
まゆ
眉 眉毛
mayu
まつげ
睫毛 睫毛
matuge
くちびる
唇 嘴唇
kuchibiru
は
歯 牙齒
ha
した
舌 舌頭
sita
細部名稱說法

我們的身體感官

記起來了嗎？

03 動作 動作 (どうさ) dousa

CD-03

看過來！看過來！這邊還有其他的動詞！

行(い)く 走去 iku	投(な)げる 投擲 nageru
来(く)る 過來 kuru	しゃがむ 蹲著 syagamu
引張(ひっぱ)る 拖 hipparu	歩(ある)く 快步 aruku
回(まわ)る 轉動 mawaru	叩(たた)く 拍打 tataku
振(ふ)る 搖 furu	起(お)きる 起來 okiru
打(う)つ 打 utu	休(やす)む 坐下 yasumu

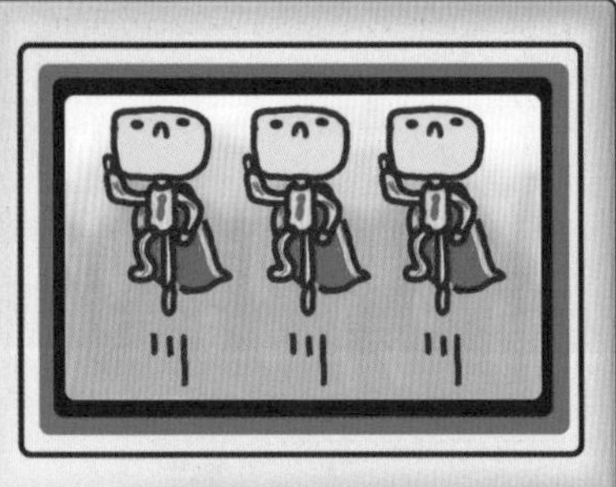

飛(と)ぶ 飛 tobu

蹴(け)る 踢 keru

座(すわ)る 坐著 suwaru

横(よこ)たわる 躺著 yokotawaru

04 外貌 外見（がいけん） gaiken

CD-04

警探想要回想剛剛看到的嫌犯。嫌犯的外貌特性有下面幾種選項。請幫助他回想犯人外貌的特徵，並且學習各個相關的日語單詞。

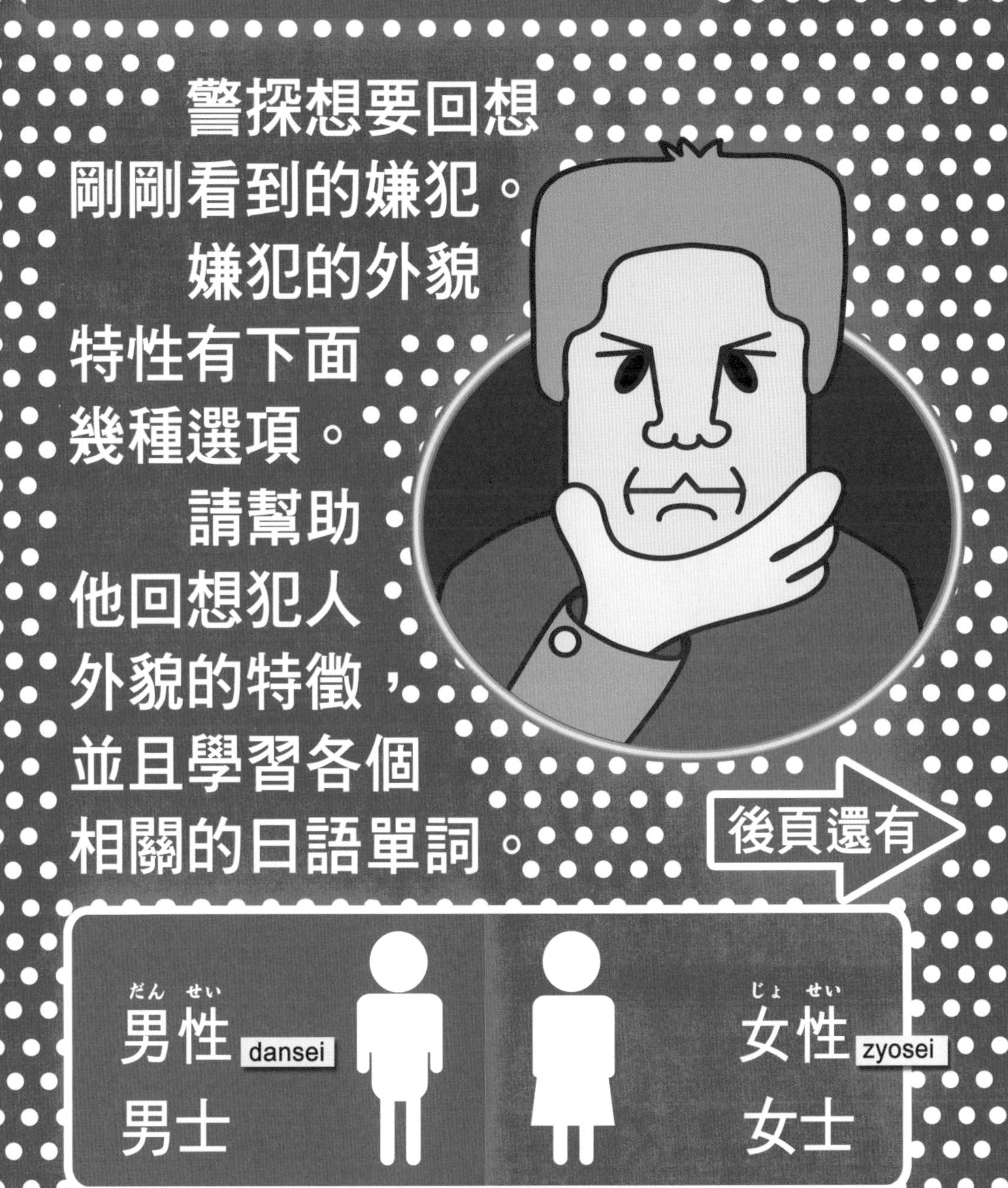

後頁還有

男性（だんせい） dansei
男士

女性（じょせい） zyosei
女士

各種不同的外貌

やせた
瘦的
yaseta
ふと
太った
胖的
futotta

たか
高い
takai
高大的
ひく
低い
矮小的
hikui

きれい
綺麗
kirei
漂亮的
みにく
醜い
醜陋的
minikui

わか
若い
wakai
年輕的
とし
年をとった
年老的
tosi o totta

強壯的	強(つよ)い tuyoi
虛弱的	弱弱(よわよわ)しい yowa yowa sii
苗條的	細長(ほそなが)い hosonagai
英俊的	ハンサム hansamu
可愛的	可愛(かわい)い kawaii
性感的	セクシー sekusii
長髮	長(なが)い髪(かみ) nagaikami
短髮	短(みじか)い髪(かみ) mizikaikami

其他相關的形容詞

嗯…，究竟嫌犯長的是什麼樣子呢？

05 情緒　気持ち（きもち） kimochi

CD-05

歡迎來玩「心情夾娃娃機」。你今天的心情好嗎？ 夾到好的心情娃娃的話，一整天心情都會變好歐！

嬉しい（うれしい） uresii 歡喜的

怒りっぽい（おこりっぽい） okorippoi 易怒的

悲しい（かなしい） kanasii 哀傷的

楽しい（たのしい） tanosii 快樂的

心配（しんぱい） sinpai 擔心的

満足（まんぞく） manzoku 滿意的

うらや
羨ましい
urayamasii
羨慕的
こわ
怖い
kowai
害怕的
ようき
陽気な
youkina
快活的

憂鬱的心情

藍色憂鬱的
夾娃娃機，裡面
放著的，都是
負面的情緒
がな
もの悲しい
monoganasii 憂鬱的
おこ
怒って
okotte 惱怒的
くつう
苦痛
kutuu 痛苦的
なや
悩む
nayamu 煩惱的
らくたん
落胆
rakutan 沮喪的
しつぼう
失望
situbou 失望的

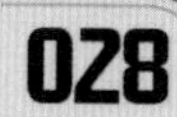

06 家庭 家族（かぞく） kazoku

CD-06

你會用日語說出家庭的各個成員嗎？現在就來學習這些基本且重要的單詞！

赤ちゃん（あか） akacyan 嬰兒

兄弟（きょうだい）／姉妹（しまい） kyoudai / simai 兄弟姊妹

祖父母（そふぼ） sofubo 祖父母

両親（りょうしん）／子供（こども） ryousin / kodomo 父母及小孩

我的親戚

しんせき
親戚 sinseki

はは
母 haha 媽媽

ちち
父 chichi 爸爸

むすこ
息子 musuko 兒子

むすめ
娘 musume 女兒

しまい
姉妹 simai 姊姊／妹妹

そぼ
祖母
sobo
祖母／外婆
そふ
祖父
sofu
祖父／爺爺
おじ
叔父さん
ozisan
叔叔／伯父
おば
叔母さん
obasan
姑姑／阿姨
きょうだい
兄弟
kyoudai
哥哥／弟弟
いとこ
従兄弟
itoko
表哥／表弟
いとこ
従姉妹
itoko
表姊／表妹

07 住家 住宅 じゅうたく zyuutaku CD-07

這個單元裡面我們要介紹的主題是住家的各個房間。

看著圖片說出各個房間的日語名稱。

客廳的各種家具

上一頁我們介紹過
日語的客廳是居間(いま)，
這一頁我們繼續學著用
日語說出各種家具的名字。

テレビ

terebi 電視

冷房（れいぼう）

reibou 冷氣機

窓（まど）

mado 窗戶

ソファー

sofaa 沙發

食器棚（しょっきだな）

syokkitana 櫃子

棚（だな）

tana 架子

とけい
時計
鐘
tokei
でんわ
denwa
電話
じゅうたん
zyuutan
地毯
ランプ
ranpu
燈
かびん
花瓶
花瓶
kabin
せんぷうき
扇風機
電扇
senpuuki

臥室的各種東西

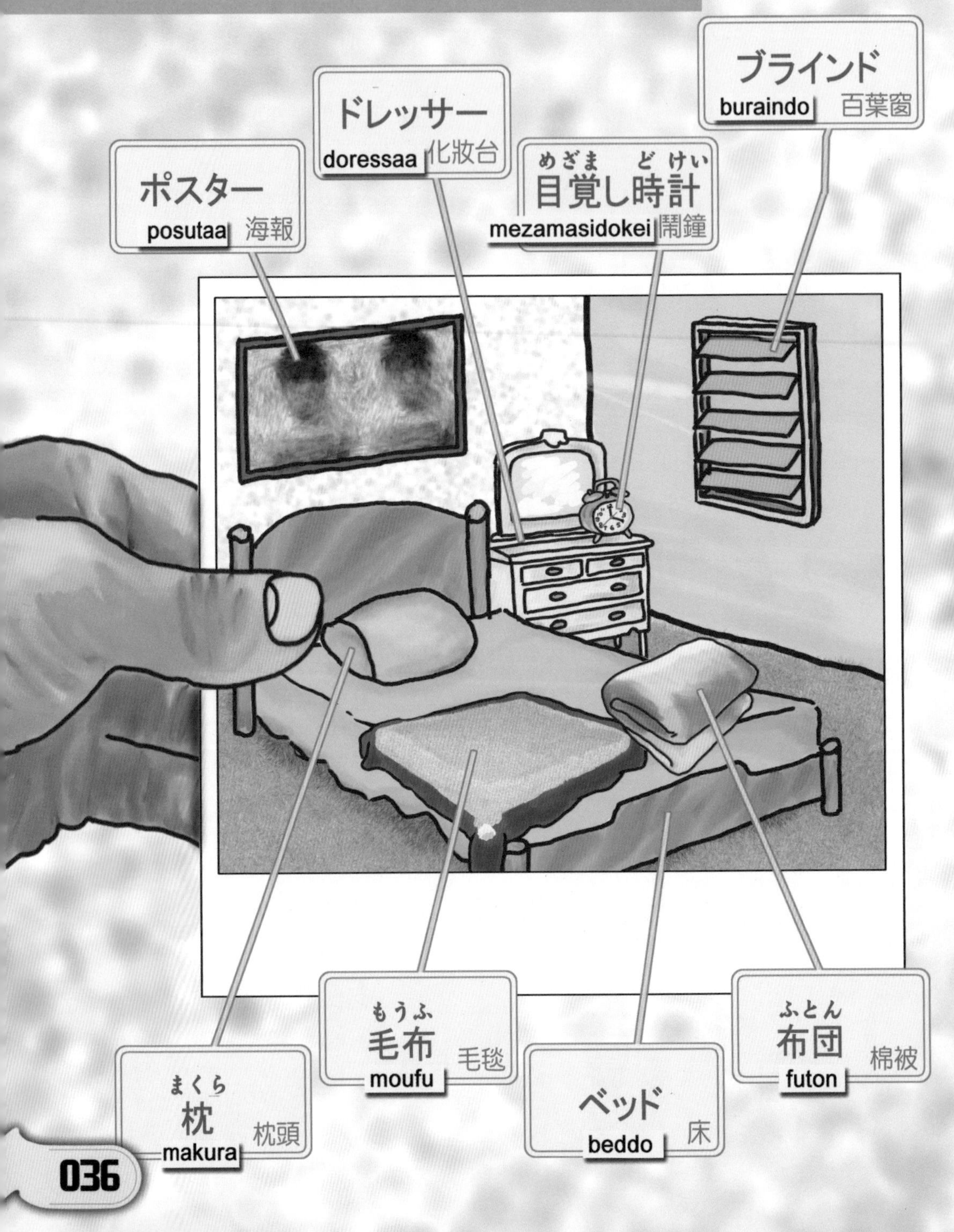

ポスター
posutaa 海報
ドレッサー
doressaa 化妝台
めざま　どけい
目覚し時計
mezamasidokei 鬧鐘
ブラインド
buraindo 百葉窗
まくら
枕
makura 枕頭
もうふ
毛布
moufu 毛毯
ベッド
beddo 床
ふとん
布団
futon 棉被

raitaa ライター 打火機
みぶんしょう
身分証 身份證
mibunsyou
こうすい
kousui 香水 香水
たいじゅうけい
体重計 體重機
taizyuukei
かぎ
kagi 鍵 鑰匙
つめきり
爪切り 指甲刀
tumekiri
くちべに
kuchibeni 口紅 口紅
マニキュア
manikyua 指甲油

房間裡的小東西

浴室的各種東西

這些單詞用日語怎麼說呢？

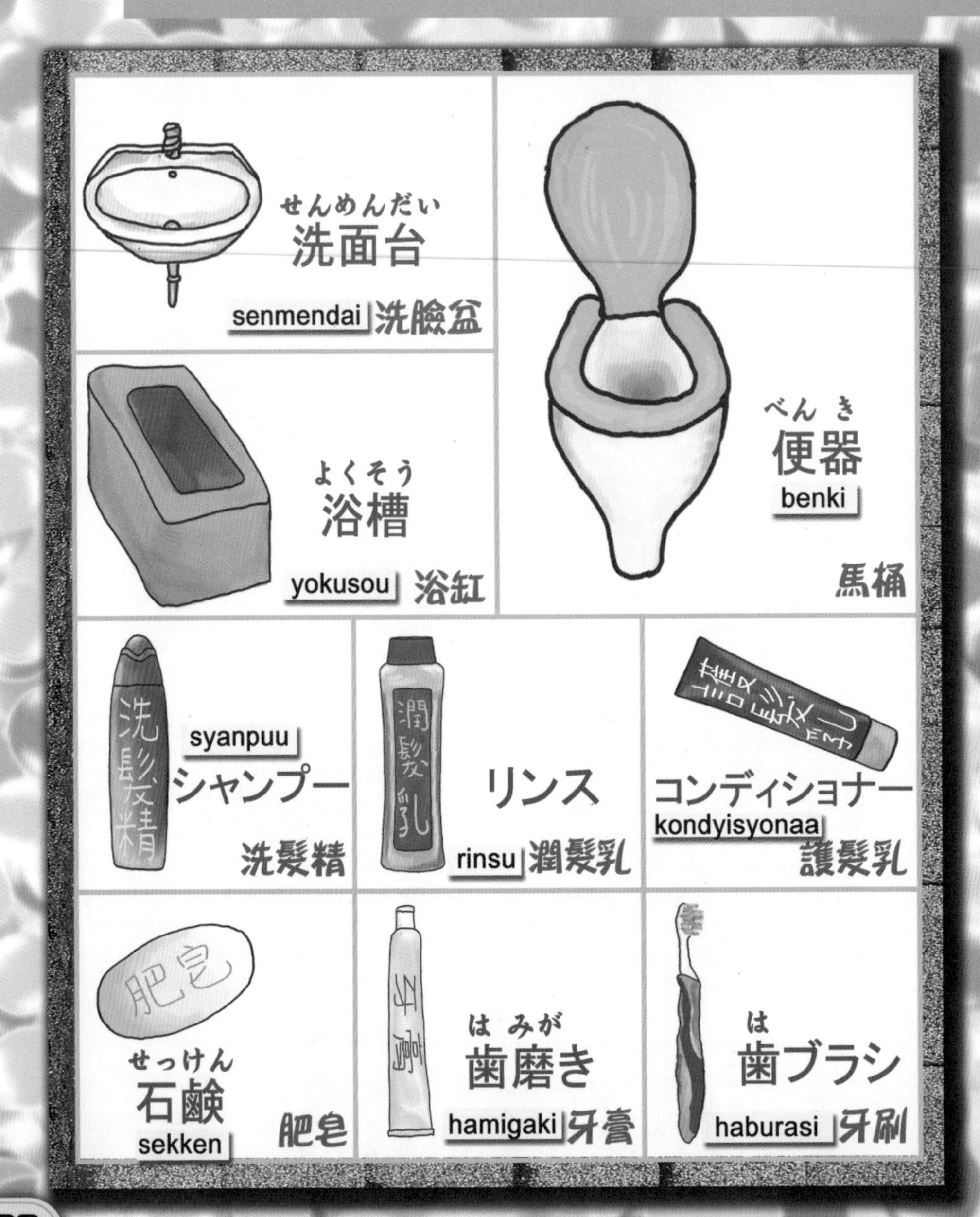

浴室（よくしつ）

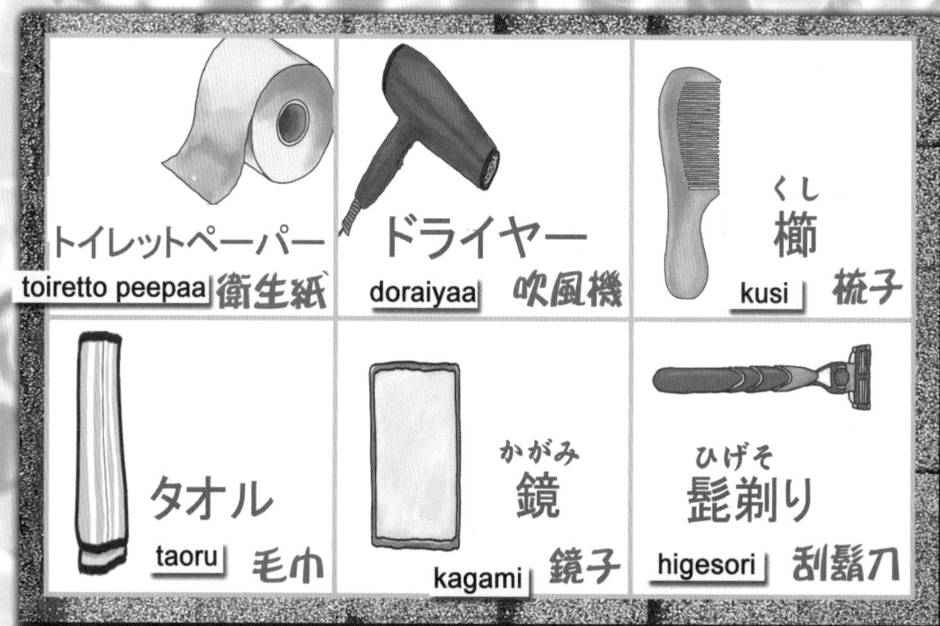
トイレットペーパー
toiretto peepaa 衛生紙
ドライヤー
doraiyaa 吹風機
櫛（くし）
kusi 梳子
タオル
taoru 毛巾
鏡（かがみ）
kagami 鏡子
髭剃り（ひげそ）
higesori 刮鬍刀

照一張廚房的相片

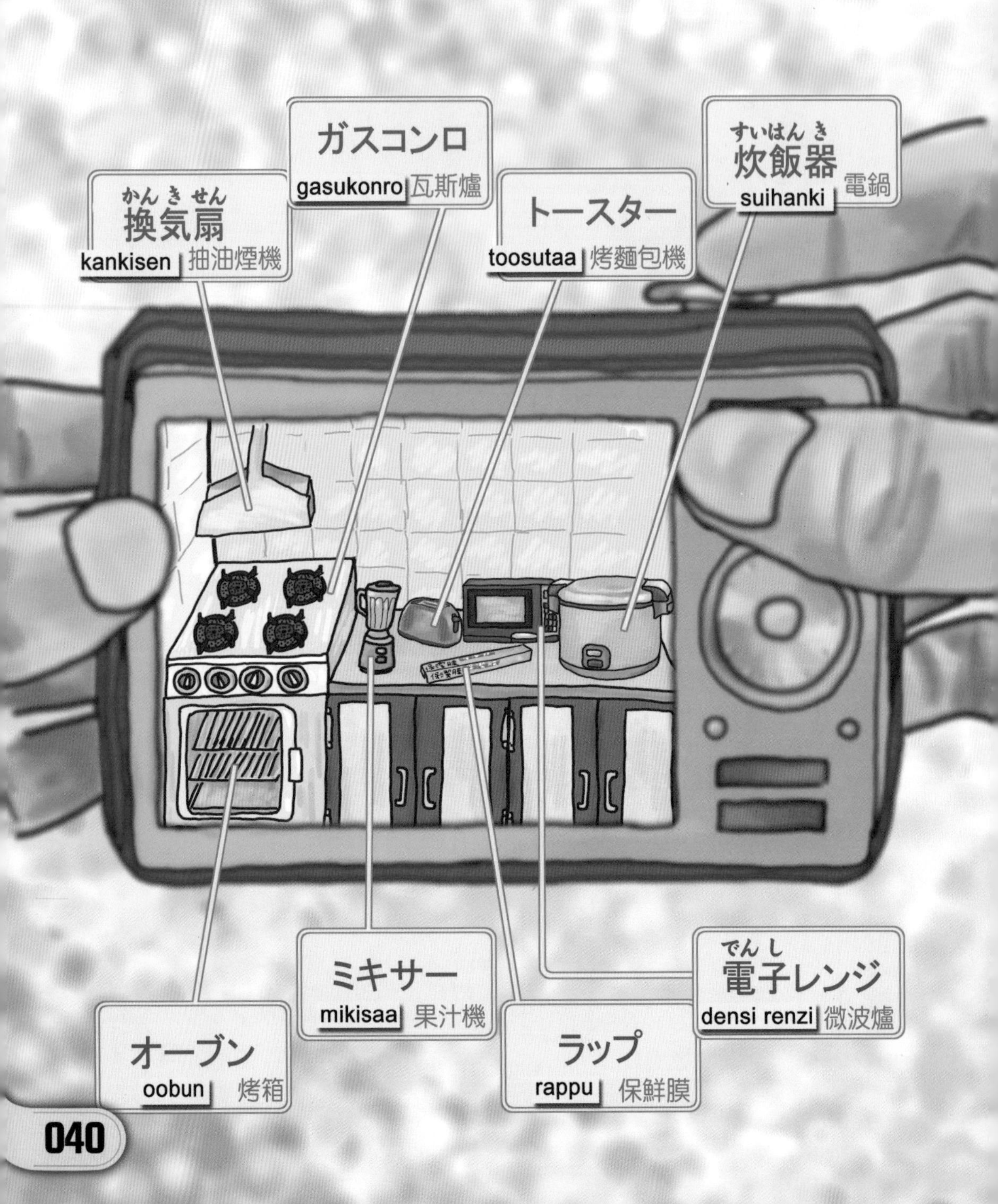

かんきせん
換気扇
kankisen 抽油煙機
ガスコンロ
gasukonro 瓦斯爐
トースター
toosutaa 烤麵包機
すいはんき
炊飯器
suihanki 電鍋
ミキサー
mikisaa 果汁機
でんし
電子レンジ
densi renzi 微波爐
オーブン
oobun 烤箱
ラップ
rappu 保鮮膜

れいぞうこ
冷蔵庫
reizouko
冰箱
じゃぐち
蛇口
zyaguchi
水龍頭
フライパン
furaipan
平底鍋
コーヒーメーカー
koohii meekaa
咖啡機
ぶくろ
ビニール袋
biniirubukuro
塑膠袋
ばこ
ゴミ箱
gomibako
垃圾桶
かんづめ
缶詰
kanzume
罐頭
罐頭
罐頭

廚房裡的各種東西

各種不同的房屋

不同高度、
不同類型的
房子，名字
也各不相同。
アパート
apaato 公寓
しゅくしゃ
宿舍
syukusya 宿舍
テラスハウス
terasu hausu 連棟房屋

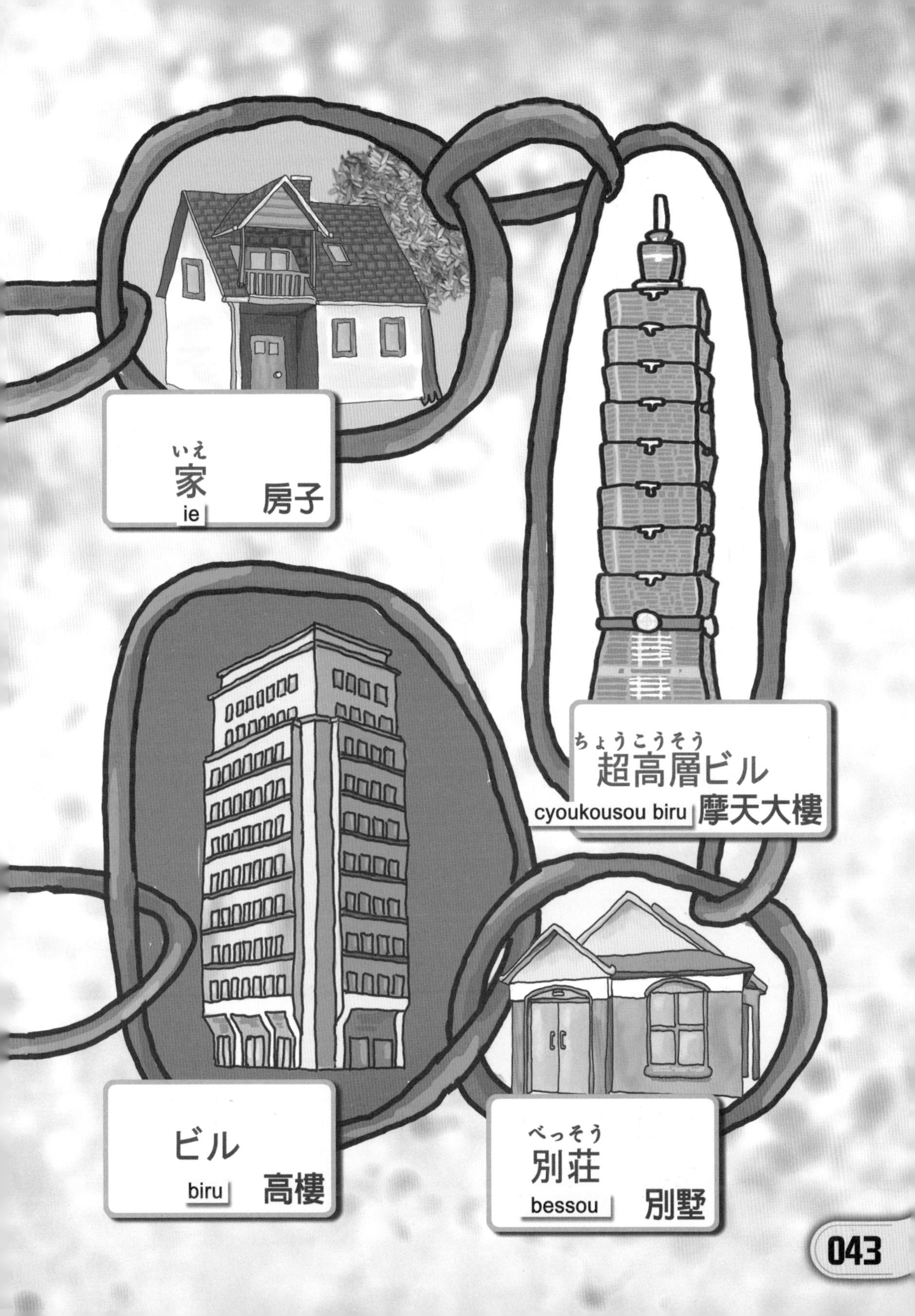
いえ
家
ie
房子
ちょうこうそう
超高層ビル
cyoukousou biru
摩天大樓
ビル
biru
高樓
べっそう
別荘
bessou
別墅

08 教室 教室

きょうしつ CD-08

kyousitu

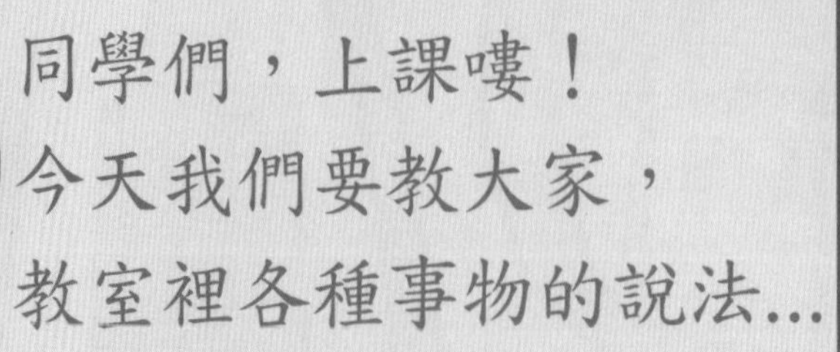

1. 先生（せんせい） 老師 sensei
2. 学生（がくせい） 學生 gakusei
3. 本（ほん） 書 hon
4. 机（つくえ） 桌子 tukue
5. 椅子（いす） 椅子 isu
6. 黒板ふき（こくばん） 板擦 kokubanfuki
7. チョーク 粉筆 cyooku
8. 黒板（こくばん） 黑板 kokuban
9. スピーカー 擴音器 supiikaa
10. 地図（ちず） 地圖 chizu
11. 辞書（じしょ） 辭典 zisyo

11y = 16 ....(1)
5y = 16 ....(2)
⇒ 6x − 6y = 0 ⇒ x = y
⇒ 16x + 16y = 32
⇒ x + y = 2
∴ x = 1, y = 1 ※
值日
⑥
⑦
⑧
⑨
⑩
一起來學習吧！

和學校相關的單詞

開始

上課中，暫停一次

あいうえお

にほんご
日本語 日語
nihongo

上課中，暫停三次

ㄅㄆㄇ

ちゅうごくご
中国語 中文
cyuugokugo

機

100 前進兩格

てんすう
点数 分數
tensuu

隨堂考 請翻機會卡

き と
聞き取り 聽寫
kikitori

來玩大富翁吧！
一面玩遊戲，
一面學習各種和
學校相關的單詞…

考試通過 得5000元

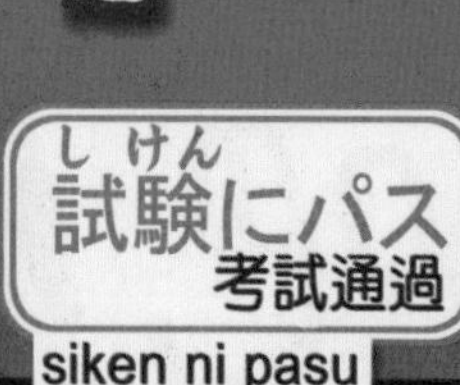

しけん
試験にパス 考試通過
siken ni pasu

考試被當付學分費

ふごうかく
不合格 考試被當
fugoukaku

考試及格 得200元

ごうかく
合格 考試及格
goukaku

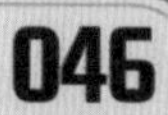

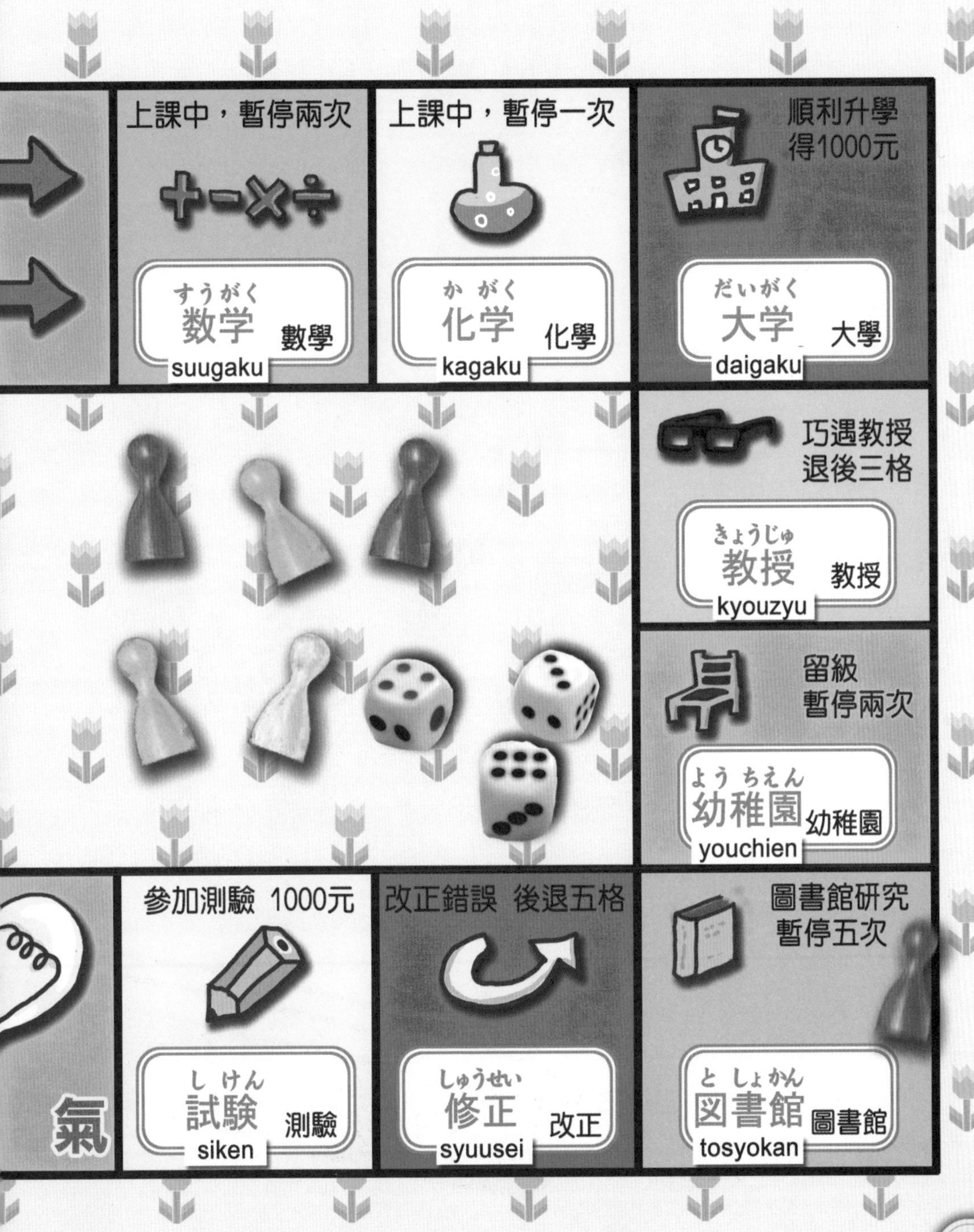
上課中，暫停兩次
すうがく
数学
數學
suugaku
上課中，暫停一次
かがく
化学
化學
kagaku
順利升學
得1000元
だいがく
大学
大學
daigaku
巧遇教授
退後三格
きょうじゅ
教授
教授
kyouzyu
留級
暫停兩次
ようちえん
幼稚園
幼稚園
youchien
參加測驗 1000元
しけん
試験
測驗
siken
改正錯誤 後退五格
しゅうせい
修正
改正
syuusei
圖書館研究
暫停五次
としょかん
図書館
圖書館
tosyokan
氣

09 文具 文房具（ぶんぼうぐ） bunbougu

CD-09

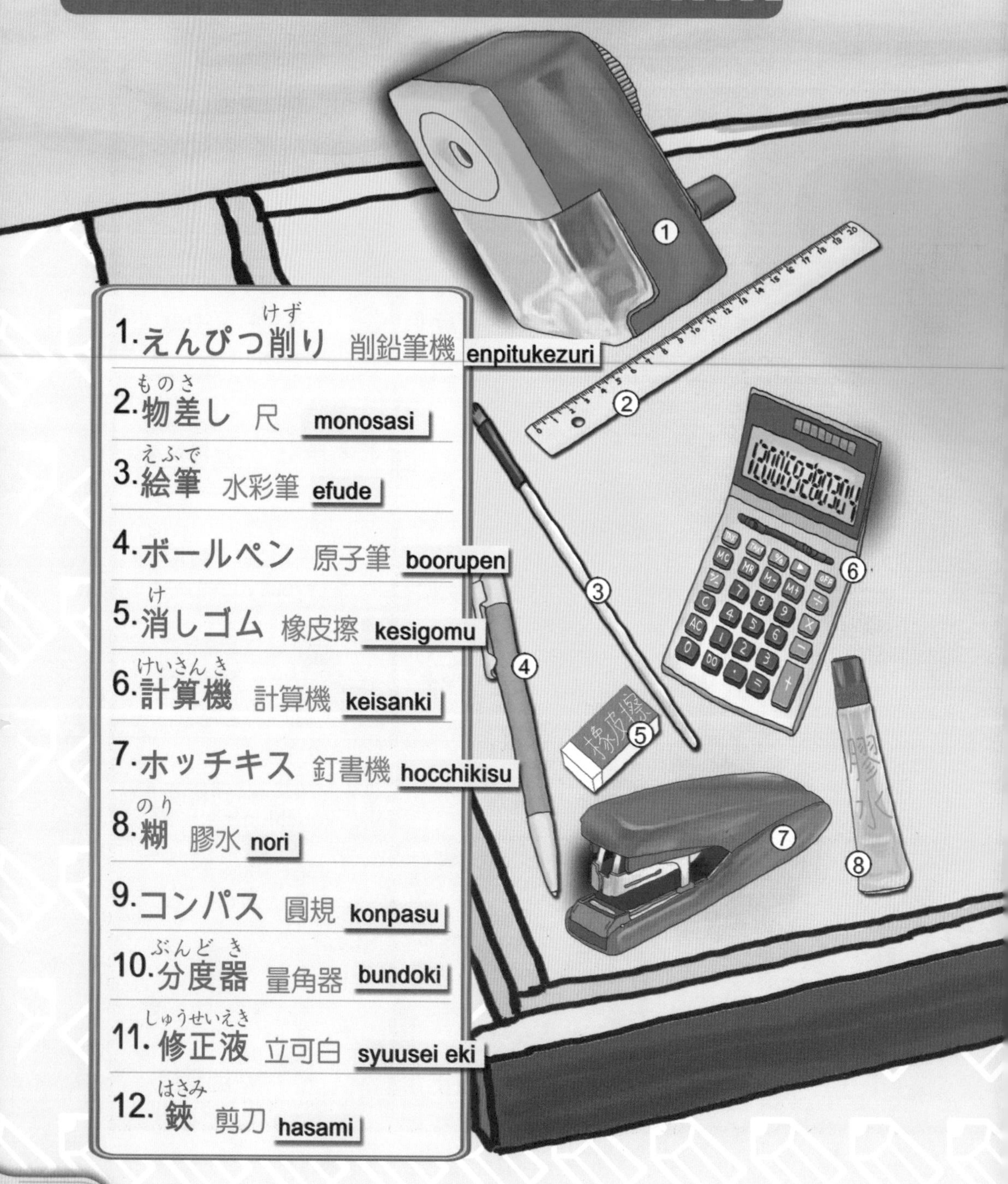

1. えんぴつ削り（けず） 削鉛筆機 enpitukezuri
2. 物差し（ものさし） 尺 monosasi
3. 絵筆（えふで） 水彩筆 efude
4. ボールペン 原子筆 boorupen
5. 消しゴム（け） 橡皮擦 kesigomu
6. 計算機（けいさんき） 計算機 keisanki
7. ホッチキス 釘書機 hocchikisu
8. 糊（のり） 膠水 nori
9. コンパス 圓規 konpasu
10. 分度器（ぶんどき） 量角器 bundoki
11. 修正液（しゅうせいえき） 立可白 syuusei eki
12. 鋏（はさみ） 剪刀 hasami

打開抽屜，看到裡面有好多文具。你會用日語說出這些單詞嗎？

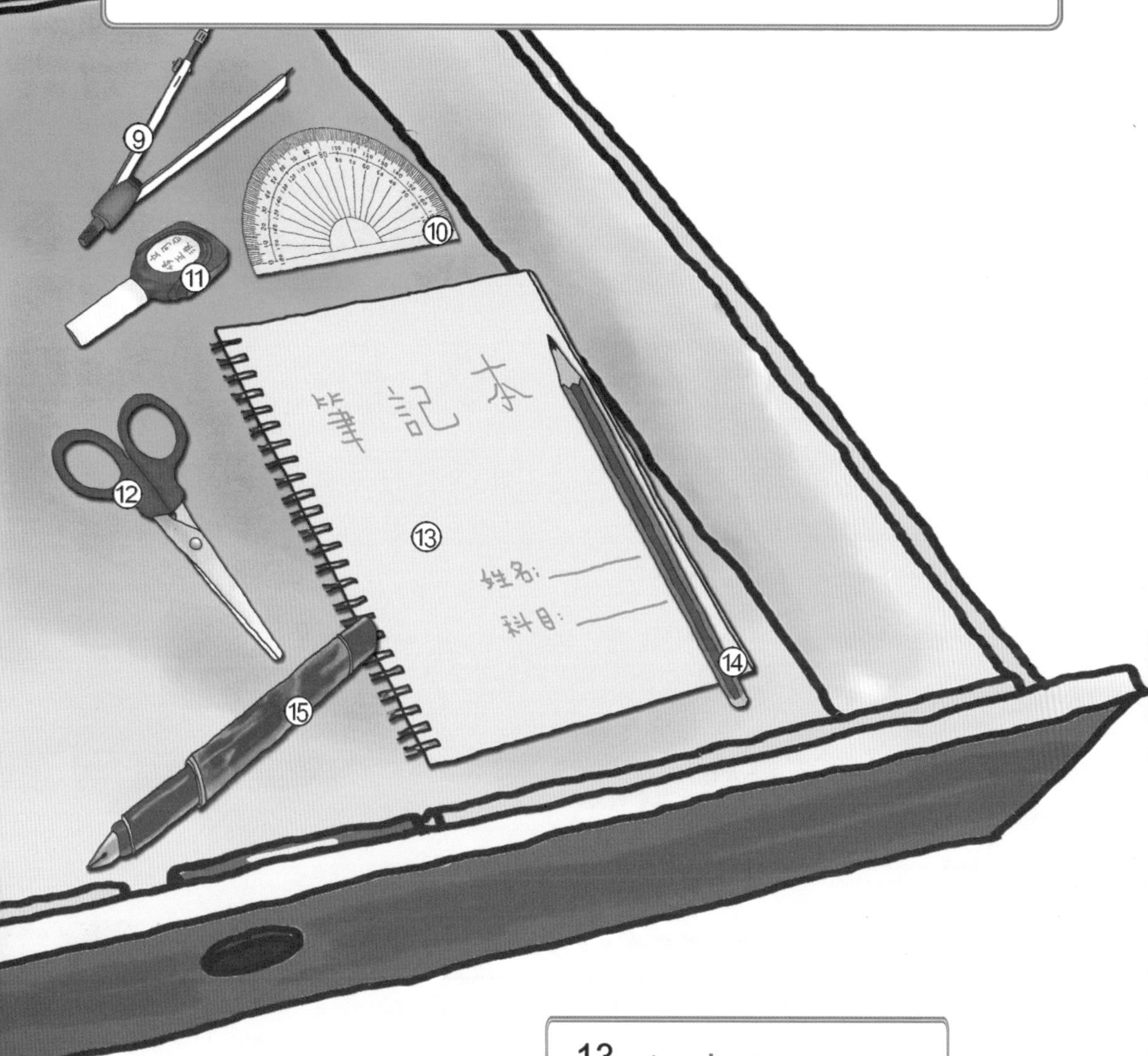

13. ノート 筆記本 nooto
14. 鉛筆（えんぴつ） 鉛筆 enpitu
15. 万年筆（まんねんひつ） 鋼筆 mannenhitu

各種方位的表現法

學了各種文具的說法以後，接著再利用介系詞來說明各種文具的位置。

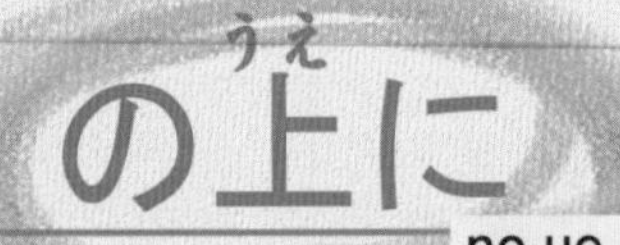

の上(うえ)に

no ue ni

鉛筆在桌子的上面，
用の上に來描述。

の下(した)に

no sita ni

剪刀在桌子下面，
用の下に來表現。

の横(よこ)に

no yoko ni

橡皮擦在箱子旁邊，
用の横に來說明。

なか
の中に
no naka ni

尺在抽屜裡面，
用の中に來描述。

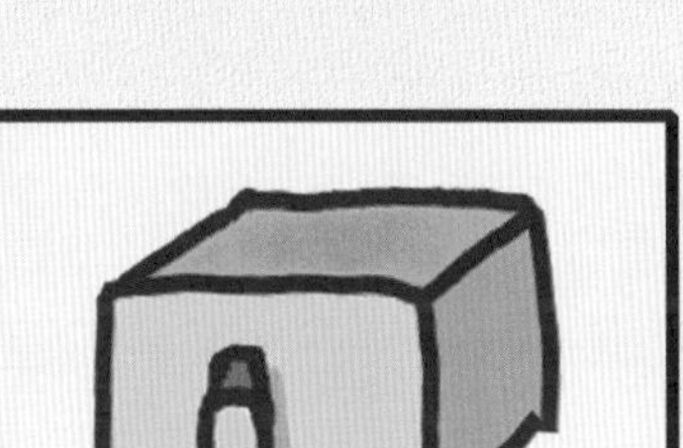

まえ
の前に
no mae ni

膠水在箱子的前面，
用前に來說明。

あと
の後に
no ato ni

計算機在箱子後面，
用の後に來表現。

あいだ
の間に
no aida ni

立可白在削鉛筆機中間，
用の間に來說明。

10 食物 食べ物（た もの）

CD-10

tabemono

這個單元裡，我們要介紹各種食物的說法。
從早餐開始，學習說出各種食物。

開始→

ちょうしょく
朝食
cyousyoku
早餐

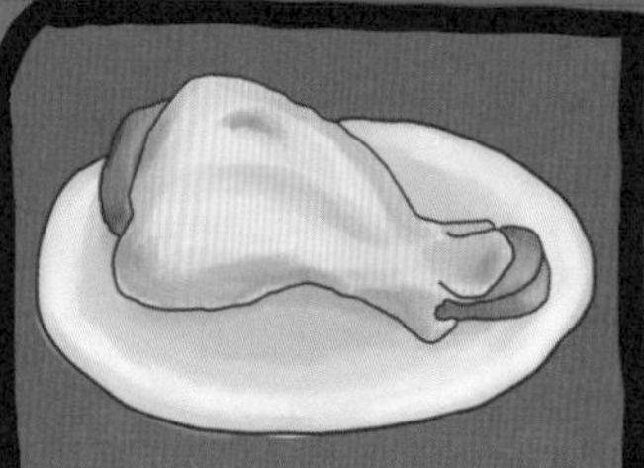

とりにく
鶏肉
toriniku
雞肉

さかな
魚
sakana
魚肉

てんぷら
天麩羅
tempura
天婦羅

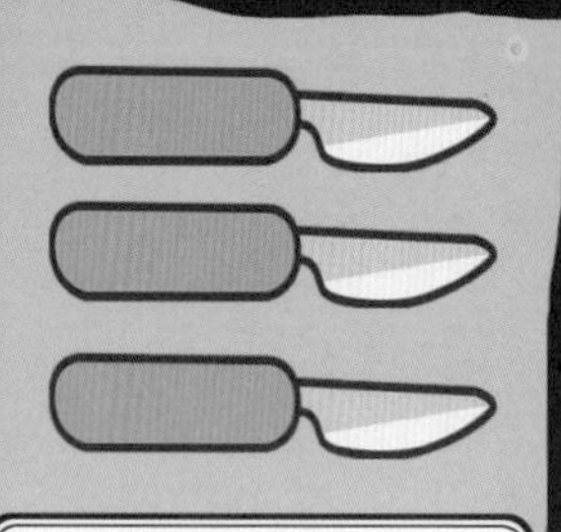

ばんごはん
晩御飯
bangohan
晚餐

ステーキ
suteeki
牛排

めん
men
麵

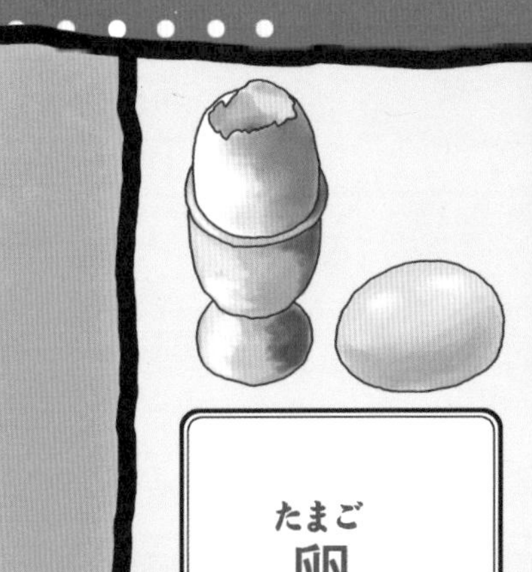

たまご
卵
tamago 蛋

サンドイッチ
三明治
sandoicchi

すし
寿司
susi 壽司

ラーメン
raamen 拉麵

ランチ
ranchi 午餐

ライス
raisu 飯

サラダ
sarada 沙拉

スープ
suupu 湯

結束!
飽!

麵包與甜食

パンとスイーツ

pan to suiitu

麵包甜點方塊？
沒聽過嗎？
來玩玩看吧！

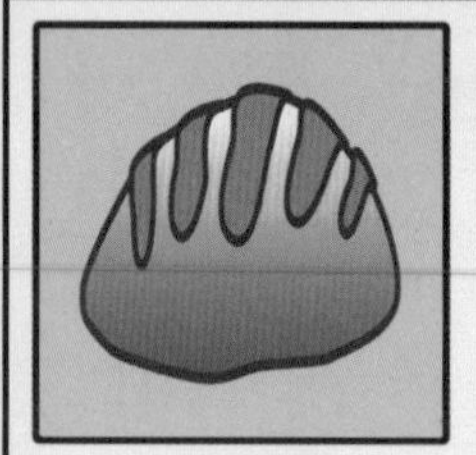

パン
pan 麵包

トースト
toosuto 土司

バンズ
banzu 小圓麵包

ハンバーグ
hanbaagu 漢堡

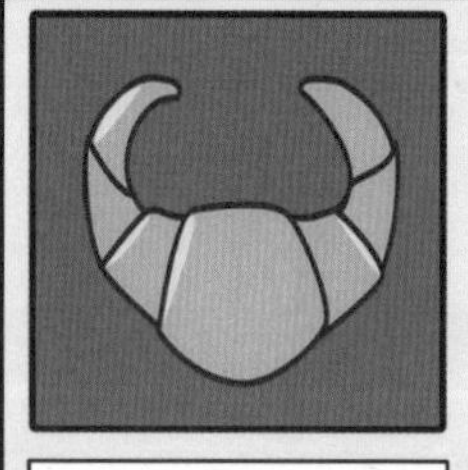

クロワッサン
kurowassan 牛角麵包

バター
bataa 牛油

ケーキ
keeki 蛋糕

チーズ
chiizu 乳酪

ジャム
zyamu 果醬

クッキー
kukkii 餅乾

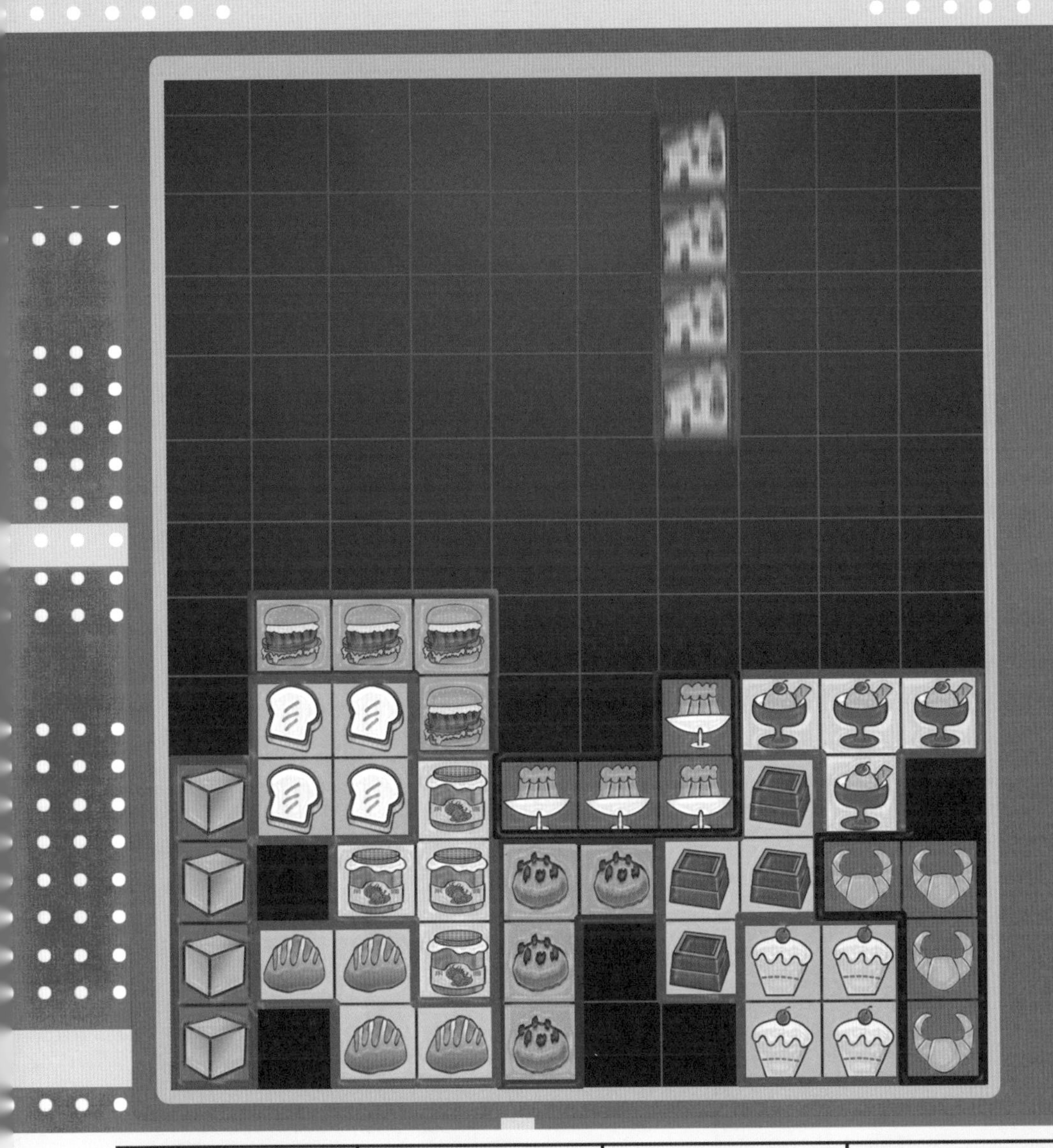

キャンディー

kyandyii 糖果

チョコレート

巧克力

cyokoreeto

アイスクリーム

冰淇淋

aisukuriimu

プリン

purin 布丁

各種飲料

歡迎來到飲料迷宮！
從入口進入後，說出
各種飲料的日語名稱！

みず
水 mizu 水

ミネラルウォーター mineraru uootaa 礦泉水

コーヒー koohii 咖啡

ちゃ
お茶 ocya 茶

ジュース zyuusu 果汁

オレンジジュース orenzi zyuusu 柳橙汁

ソーダ sooda 汽水

コーラ koora 可樂

ミルク 牛奶
miruku

ビール 啤酒
biiru

ワイン 葡萄酒
wain

ウイスキー
uisukii 威士忌

ブランデー
burandee 白蘭地

シャンパン
syanpan 香檳

11 味道 味 あじ azi

CD-11

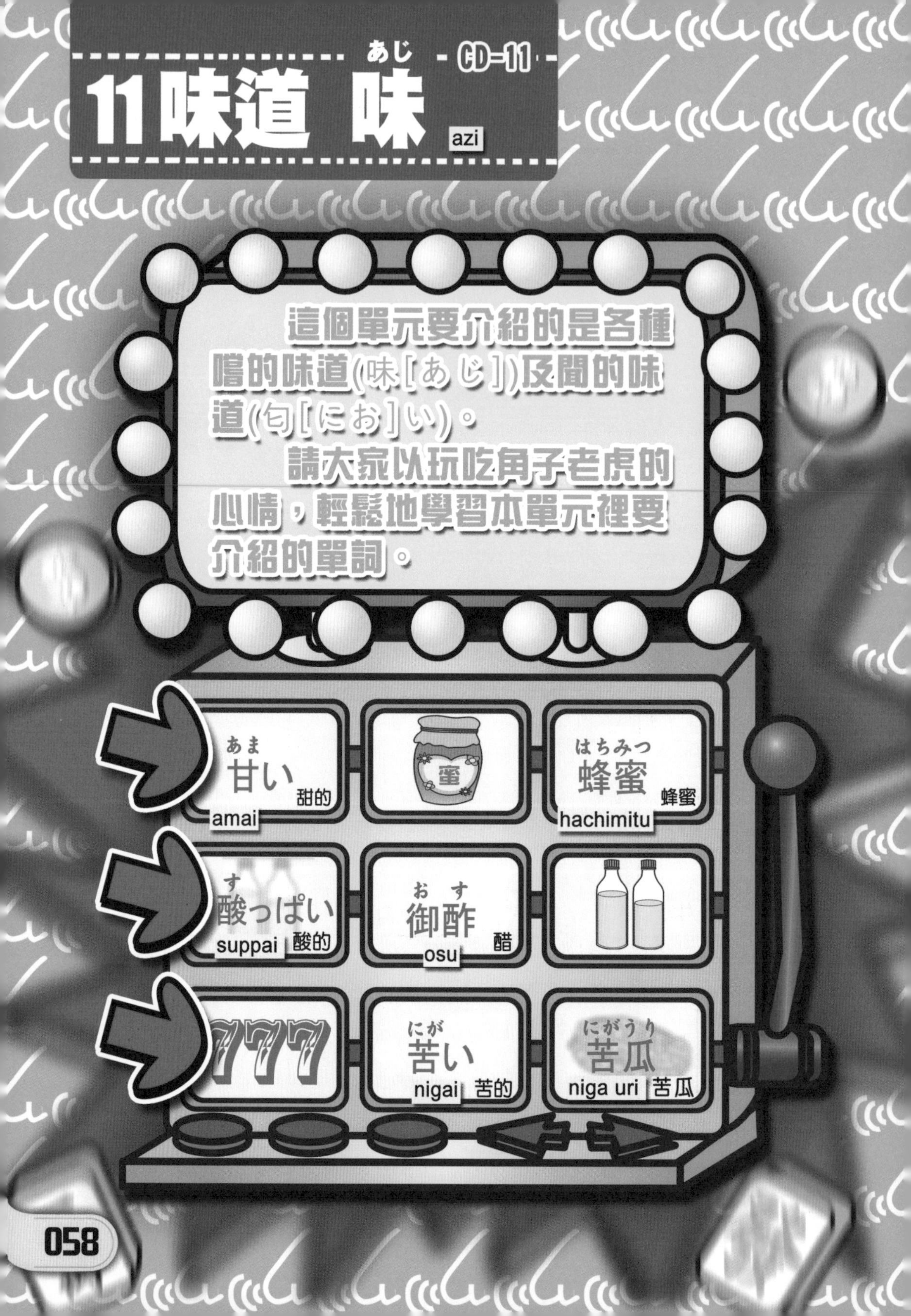

甲意贏的感覺!
獎金 1.099.378
BAR
BAR
BAR
とうがらし
唐辛子
tougarasi 辣椒
から
辛い
karai 辣的
しおから
塩辛い
siokarai 鹹的
しょうゆ
醤油
syouyu 醬油
爆
ポップコーン
poppukoon 爆米花
にお
いい匂い
ii nioi 香的
くさ
臭い
kusai 臭的
とうふ
豆腐
toufu 豆腐

各種調味料
接下來介紹的是製造味道的調味料
さとう
砂糖
satou
糖
777
しお
塩
sio
鹽
こしょう
胡椒
kosyou
胡椒
わさび
山葵
wasabi
芥末
BAR
BAR
BAR

12 蔬菜 野菜（やさい） yasai

CD-12

這個單元裡，我們介紹各種蔬菜的說法。你會用日語說出右邊架上各種水果的名稱嗎？

翻到下一面，可以學到各種不同蔬菜的說法。

ほうれん草
そう
hourensou
菠菜
レタス
retasu
萵苣
キャベツ
kyabetu
洋白菜
玉蜀黍
とうもろこし
toumorokosi
玉米
胡瓜
きゅうり
kyuuri
小黃瓜
ジャガイモ
zyagaimo
馬鈴薯

你喜歡吃什麼菜呢？

試著用日語說出這些菜的名字吧！

13 水果 果物（くだもの） CD-13
kudamono

你喜歡吃什麼水果呢？日文的水果是：果物。

關於水果，除了要知道圖上的這些水果名稱以外，我們可以順便學一些和水果相關的形容詞：要形容水果很甜，可以用形容詞甘い；形容水果很新鮮，可以用形容詞新鮮な；成熟的水果，可以用形容詞ジューシー來描述；多汁的水果，我們可以用熟している來形容。

リンゴ
ringo 蘋果

バナナ
banana 香蕉

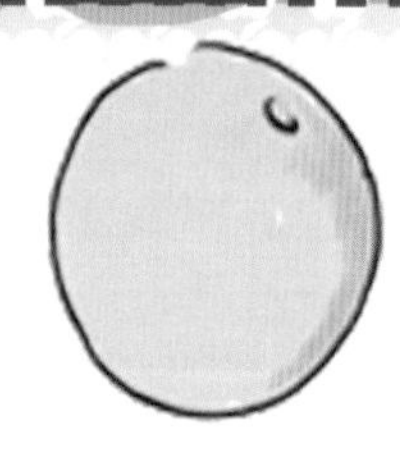

オレンジ
orenzi 柳丁

レモン
remon 檸檬

イチゴ
ichigo 草莓

パイナップル
painappuru 鳳梨

メロン
meron
香瓜
ぶどう
葡萄
budou
葡萄
すいか
西瓜
suika
西瓜
なし
梨
nasi
梨子
パパイヤ
papaiya
木瓜
マンゴー
mangoo
芒果

各種和水果相關的形容詞

スイカが甘(あま)い。

西瓜很甜。 suika ga amai

好的形容詞

甘(あま)い **甜的** amai

新鮮(しんせん) **新鮮的** sinsen

熟(じゅく)した **成熟的** zyuku sita

ジューシー **多汁的** zyuusii

バナナが熟(じゅく)しすぎている。 banana ga zyuku sisugite iru

香蕉太熟了。

壞的形容詞

乾(かわ)いている **乾的** kawaite iru

熟(じゅく)しすぎている **熟過頭的** zyuku sisugite iru

熟(じゅく)してない **沒熟的** zyuku sitenai

腐(くさ)っている **腐爛的** kusatte iru

看播放器裡，有什麼水果...

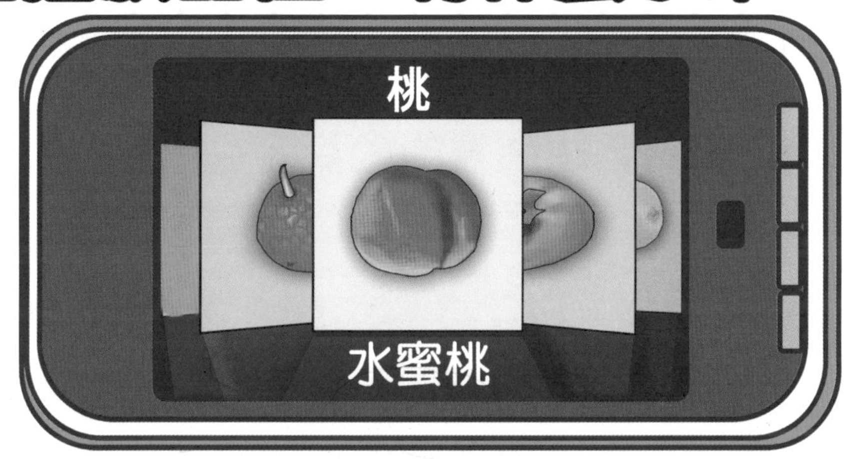

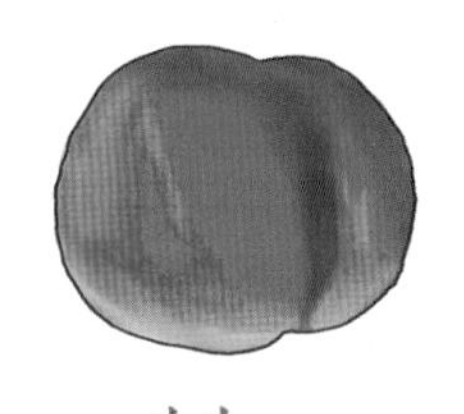	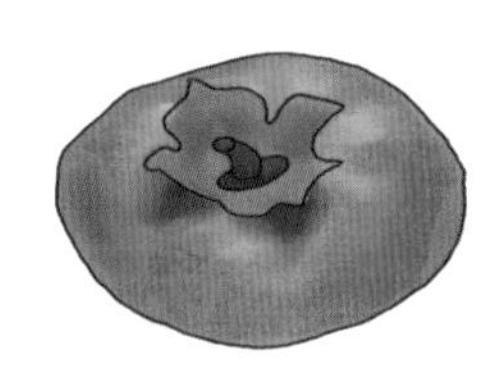	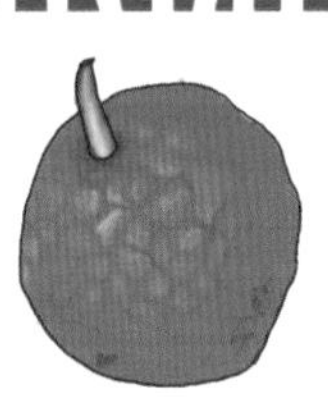
桃（もも） momo 水蜜桃	柿（かき） kaki 柿子	ライチ raichi 荔枝
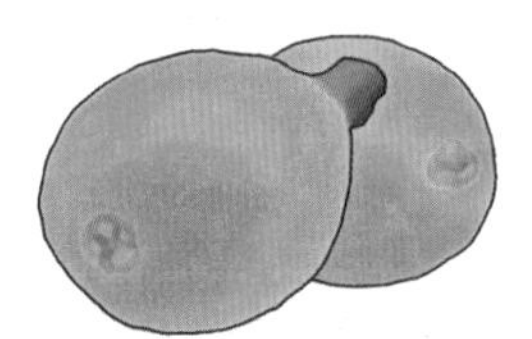		
枇杷（びわ） biwa 批杷	ココナッツ kokonaccu 椰子	さくらんぼ sakuranbo 櫻桃

14 職業 職業 しょくぎょう syokugyou

CD-14

最近有寫信給朋友或家人嗎？貼上郵票之前，藉著郵票學習各種職業的日語說法…

シェフ syefu 廚師	けいさつ 警察 keisatu 警察	のうふ 農夫 noufu 農夫

うんてんし 運転士 untensi 計程車司機	さぎょういん 作業員 sagyou in 工人	ぐんじん 軍人 gunzin 軍人

仕立て屋（したてや）
sitateya 裁縫師

パイロット
pairotto 飛機駕駛

郵便配達人（ゆうびんはいたつにん）
yuubin haitatu nin 郵差

ウエーター
ueetaa 服務生

記者（きしゃ）
kisya 記者

カメラマン
kameraman 攝影師

詢問職業的對話

想要詢問別人的職業的話，有兩種基本的提問法...

問法一

あなたの職業(しょくぎょう)は何(なん)ですか。

您的職業是什麼呢？

anata no syokugyou wa nandesuka

問法二

お仕事(しごと)は何(なん)ですか。

您的職業是什麼呢？

osigoto wa nan desuka

私は＋職業名＋です。

私(わたし)は先生(せんせい)です。

watasi wa sensei desu

我是老師。

找工作三部曲

你會用日語說出和找工作相關的表現法嗎？

失業（しつぎょう） 失業 situgyou	仕事を探す（しごと さが） 找工作 sigoto o sagasu	仕事が見つかった（しごと み） 找到工作 sigoto ga mitukatta

用上面的片語來造個句子吧。

失業（しつぎょう）しました。我失業了。

situgyou simasita

仕事（しごと）を探（さが）しています。我正在找工作。

sigoto o sagasite imasu

仕事（しごと）が見（み）つかりました。我找到工作了。

sigoto ga mitukari masita

和職業相關的單詞

15 建築物　建築物

けんちくぶつ

CD-15

kenchikubutu

到街上逛逛吧！你會用日語說出街上的各種建築物的名稱嗎？這個單元裡面，我們要學習這些建築的說法。

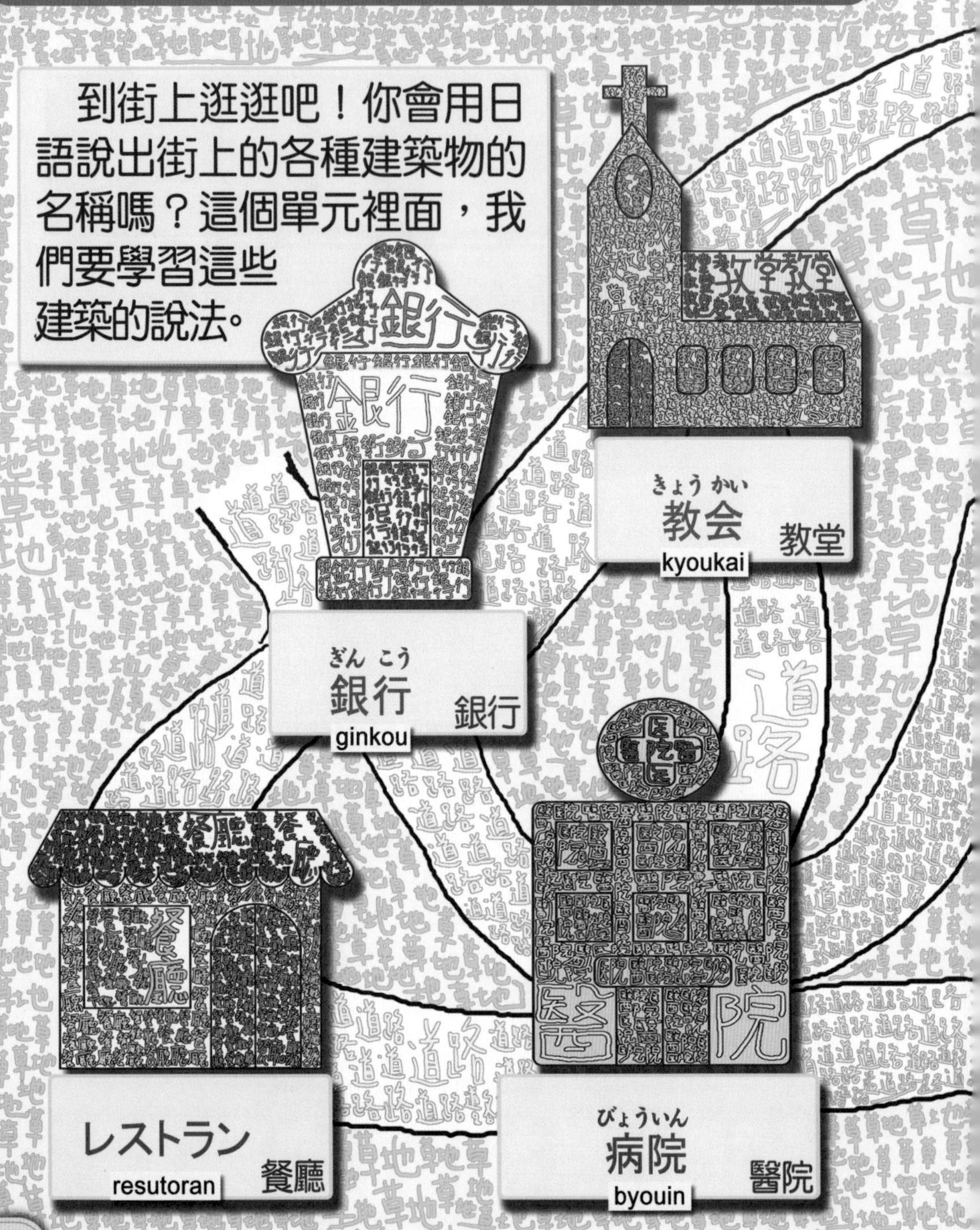

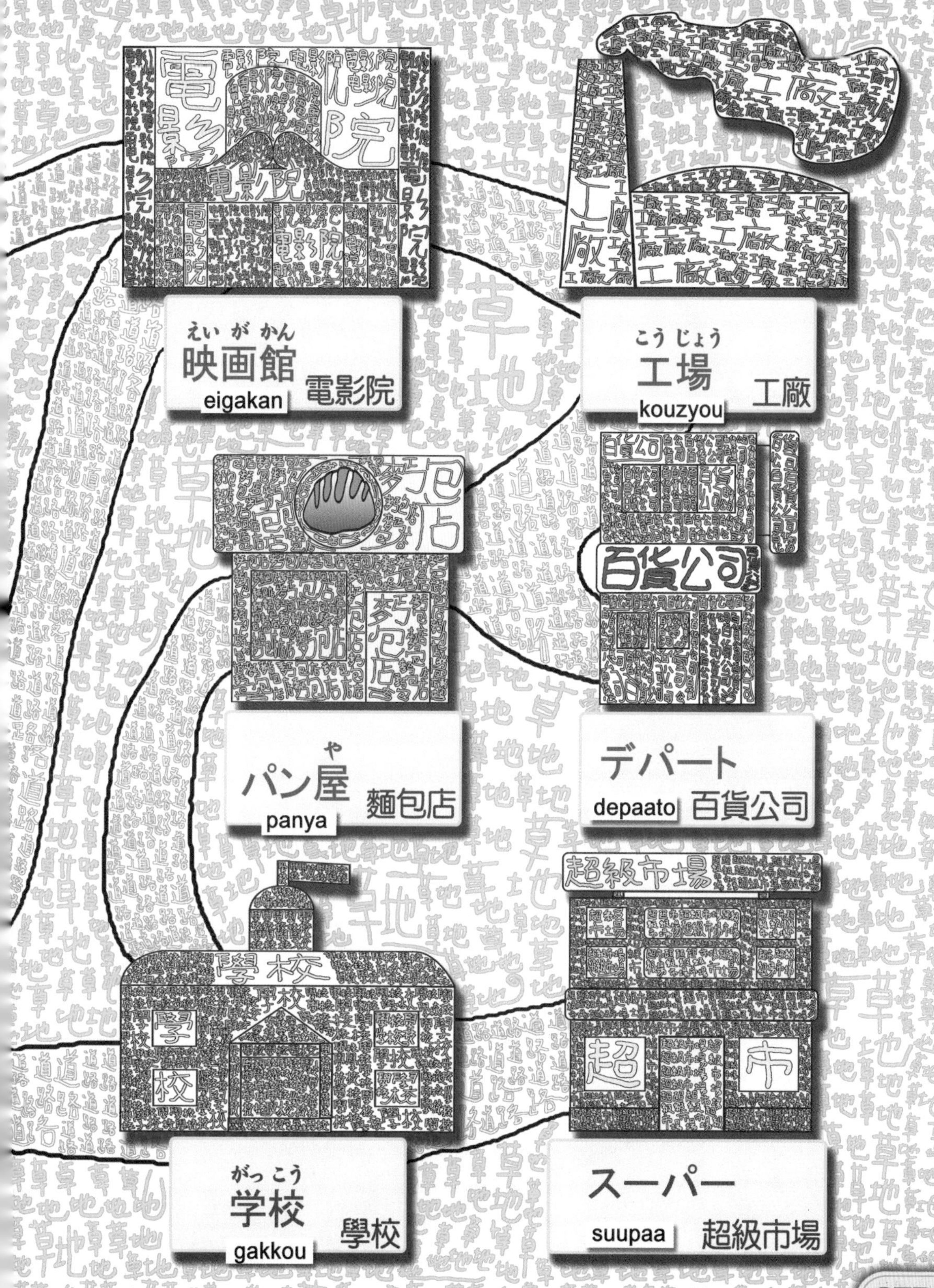

えいがかん
映画館
eigakan
電影院
こうじょう
工場
kouzyou
工廠
や
パン屋
panya
麵包店
デパート
depaato
百貨公司
がっこう
学校
gakkou
學校
スーパー
suupaa
超級市場

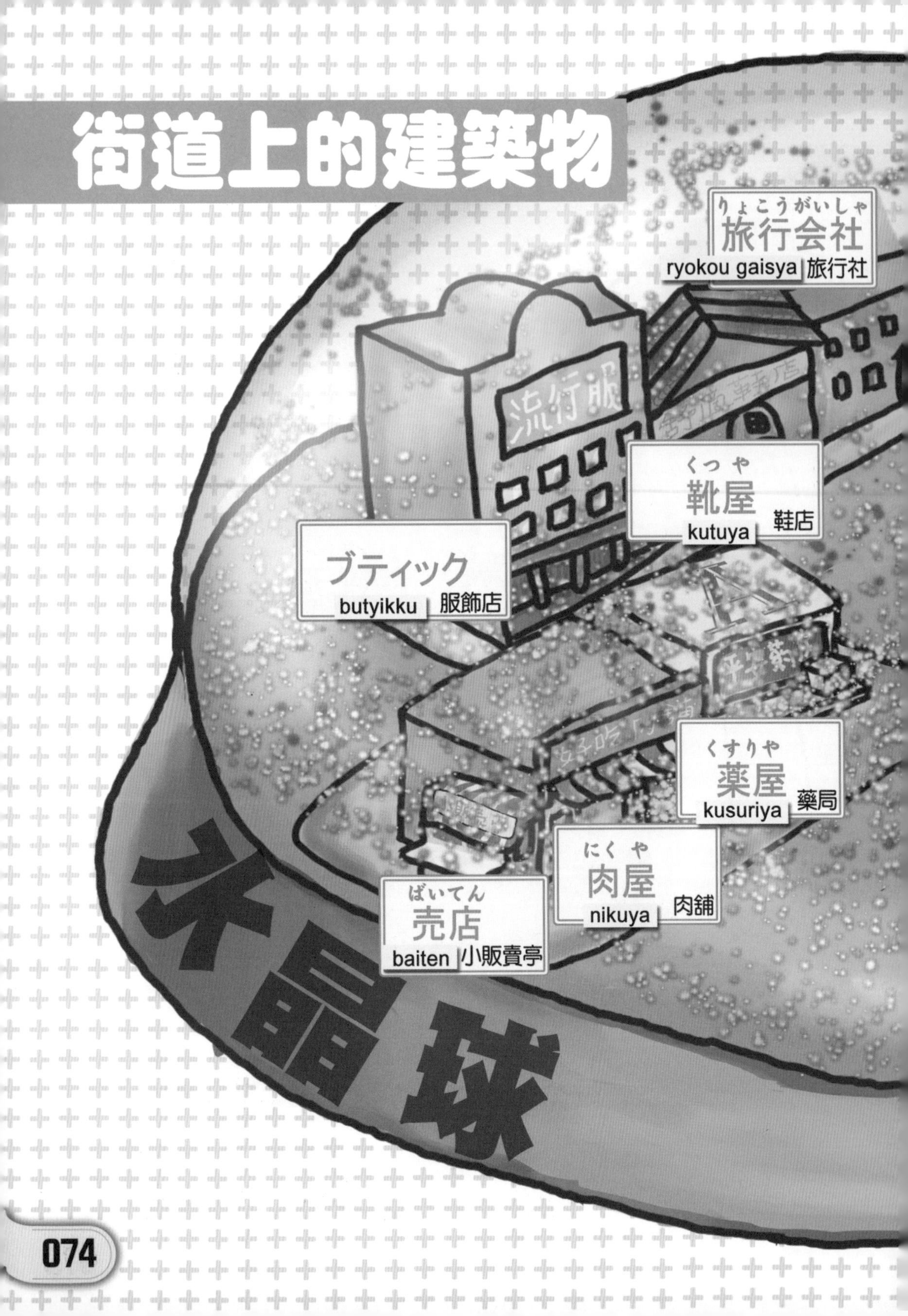
街道上的建築物
りょこうがいしゃ
旅行会社
ryokou gaisya 旅行社
流行服
くつや
靴屋
kutuya 鞋店
ブティック
butyikku 服飾店
くすりや
薬屋
kusuriya 藥局
にくや
肉屋
nikuya 肉舗
ばいてん
売店
baiten 小販賣亭
水晶球

你有買過這樣的紀念品嗎？小水晶球裡面裝著整個城市街道的建築物。

現在，一面看著圖片，一面學習建築物的名稱吧！

基礎問路用語

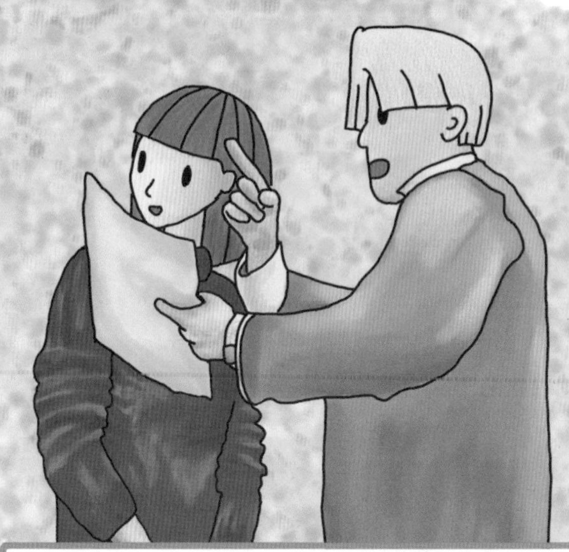

某地＋はどこですか。

観光案内所(かんこうあんないじょ)はどこですか。

旅客服務中心在哪呢？ kankou annai zyo wa doko desuka

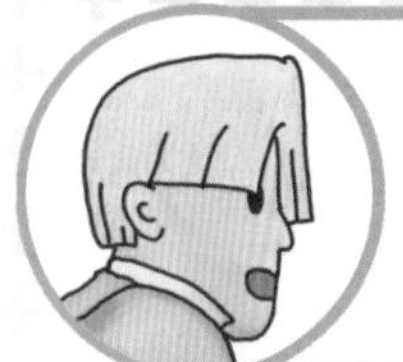

まず、左(ひだり)に曲(ま)がってから右(みぎ)へ、そして真(ま)っ直(す)ぐです。

請您先往左，再往右，然後直走。

mazu hidari ni magattekara migie sosite massugu desu

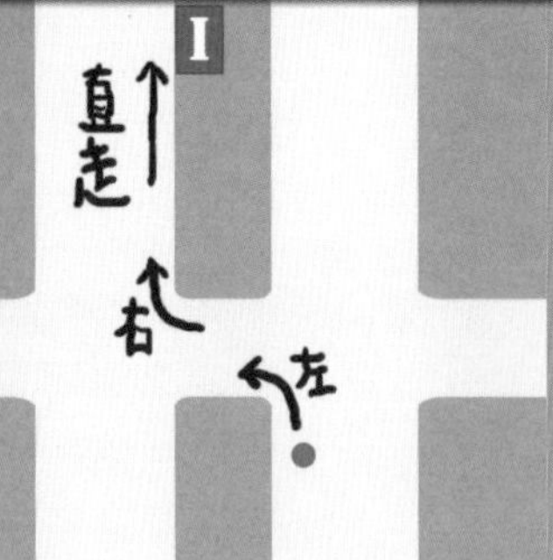

各種方向

左(ひだり)に曲(ま)がる

往左

hidari ni magaru

真(ま)っ直(す)ぐ

直走

massugu

右(みぎ)に曲(ま)がる

往右

migi ni magaru

16 信件 手紙(てがみ) CD-16

tegami

信件的各個部份，你會說嗎？

差出人(さしだしにん) sasidasi nin 寄件人

住所(じゅうしょ) zyuusyo 地址

切手(きって) kitte 郵票

106
台北市和平東路2段339號4樓
五南圖書公司
魏 巍 寄

235
台北縣中和市安平路75號15樓
張立人 先生收

郵便番号(ゆうびんばんごう) yuubinbangou 郵遞區號

宛先(あてさき) atesaki 收件人

封筒(ふうとう) fuutou 信封

各種不同的信件
火車來啦！看著各個車廂，學習日語中，各種不同信件的說法。
ポスト
posuto
信箱
こづつみ
小包
kozutumi
包裹
はがき
葉書
hagaki
明信片
そくたつ
速達
sokutatu
限時信件
かきとめ
書留
kakitome
掛號信件
エアメール
eameeru
航空郵件

17 病痛 調子が悪い

ちょうし わる

cyousi ga warui

CD-17

你會用日語說出身體那裡不舒服嗎？讓我們藉著魔術方塊，學習和病痛相關的單詞吧！

ずつう
頭痛 zutuu 頭痛

ねつ
熱がある netu ga aru 發燒

めまい
眩暈 memai 頭昏

なか いた
お腹が痛い onaka ga itai 肚子痛

は いた
歯が痛い ha ga itai 牙齒痛

べんぴ
便秘 benpi 便秘

しんぞうびょう
心臓病 sinzoubyou 心臟病

かぜ
風邪 kaze 感冒

えんしょう
炎症 ensyou 發炎

和醫院相關的單詞

せんせい
先生
sensei 醫生

かんごふ
看護婦
kangofu 護士

かんじゃ
患者
kanzya 病人

ちゅうしゃ
注射
cyuusya 打針

なんこう
軟膏
nankou 藥膏

じょうざい
錠剤
zyouzai 藥片

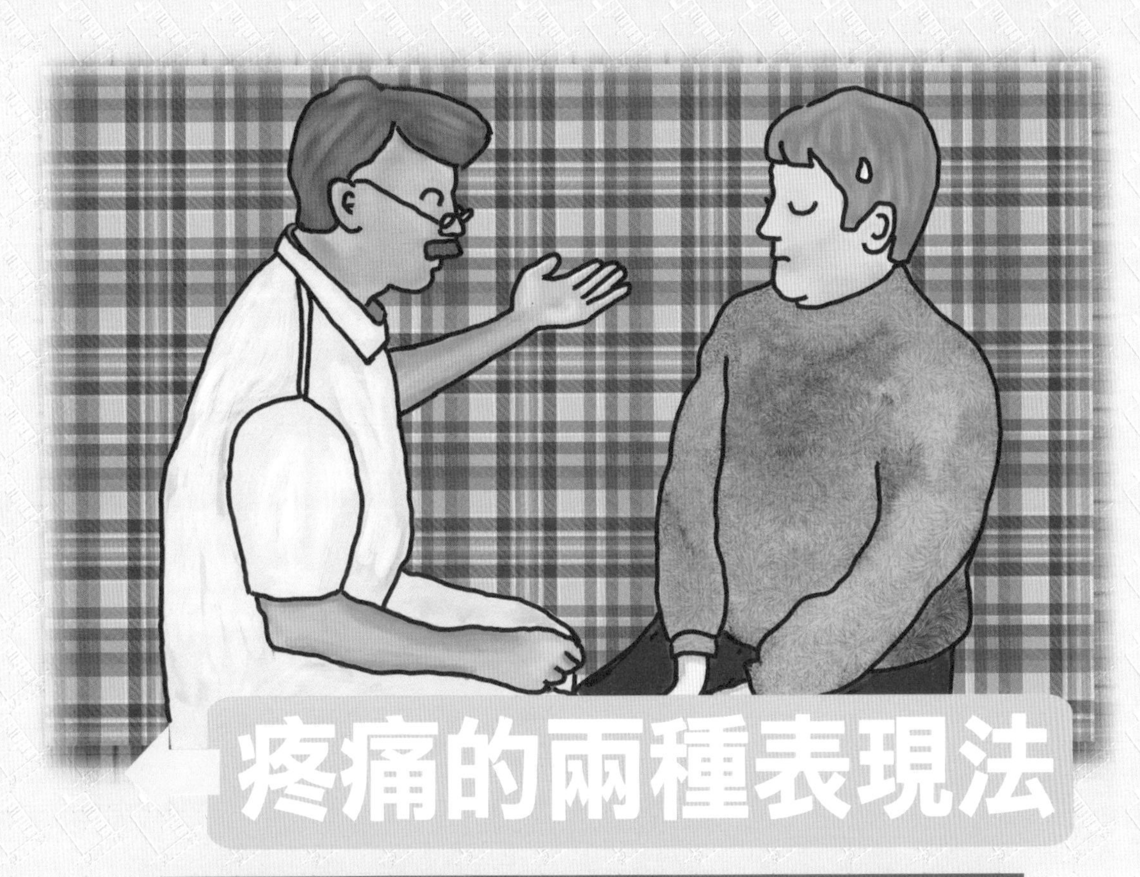

疼痛的兩種表現法

どうしましたか。

身體哪裡不舒服？ dou simasitaka

說法一

頭(あたま)が痛(いた)いんです。

我頭痛。 atama ga itaindesu

說法二

頭痛(ずつう)がします。

我的頭在痛。 zutuu ga simasu

18 衣物 衣類(いるい) irui CD-18

打開你的衣櫥吧！
在這個單元裡面，我們要介紹各種服裝的日語說法。
パーカー
paakaa 連帽運動衣
セーター
seetaa 套頭毛衣
スーツ
suutu 西裝外套
ジーパン
zii pan 牛仔褲
ワイシャツ
waisyatu 襯衫
ブラウス
burausu 女性襯衫

鞋子及配件
メガネ
megane 眼鏡
スカーフ
sukaafu 圍巾
うでどけい
腕時計
udedokei 手錶
サングラス
sangurasu 太陽眼鏡
くつした
靴下
kutusita 襪子
パンツ
pantu 內褲
くつ
靴
kutu 鞋子

來幫公仔穿衣服吧！你會用日語說出公仔所要戴的裝飾品還有要穿的鞋子嗎？
イヤリング
iyaringu 耳環
ネックレス
nekkuresu 項鍊
てぶくろ
手袋
tebukuro 手套
みずぎ
水着
mizugi 游泳衣
ぼうし
帽子
bousi 帽子
ゆびわ
指輪
yubiwa 戒指
ブーツ
buutu 靴子

衣服的各部分

你喜歡血拼買衣服嗎？ 打開介紹衣服的型錄，一面看著流行的服飾，一面學習用日語說出衣服的各部分。

ファスナー
fasunaa **拉鍊**

ネクタイ
nekutai **領帶**

袖（そで）
sode **袖子**

長袖（ながそで）
nagasode **長袖**

襟（えり）
領子 eri

半袖（はんそで）
短袖 hansode

ボタン
扣子 botan

ベルト
腰帶 beruto

試衣服
試着（しちゃく）をしてもいいですか。
可以試穿嗎？
sityaku o sitemo iidesuka
試着室（しちゃくしつ）はどこですか。
試衣間在哪呢？
sityaku situ wa doko desuka

試鞋子
サイズはおいくつですか。
saizu wa oikutu desuka
您的尺寸是？
赤（あか）い靴（くつ）を買（か）いたいです。
我想買紅色的鞋子。
akai kutu o kaitai desu

試穿時的用語

19 交通（こうつう） 交通 koutuu

CD-19

一面走迷宮，一面用日語學習交通工具的說法！

開始

飛行機（ひこうき） hikouki 飛機

自動車（じどうしゃ） zidousya 汽車

タクシー takusii 計程車

バス basu 巴士

電車（でんしゃ） densya 火車

トラック torakku 貨車

じてんしゃ
自転車
zitensya 腳踏車
オートバイ
ootobai 摩托車
さんりんしゃ
三輪車
sanrinsya 三輪車
ヨット
yotto 帆船
MaoKong
Mao!
ロープウエー
roopuuee 纜車
終点
ふね
船
fune 船
ヘリコプター
直昇機
herikoputaa
走出迷宮，
學會了嗎？

汽車的各個部分

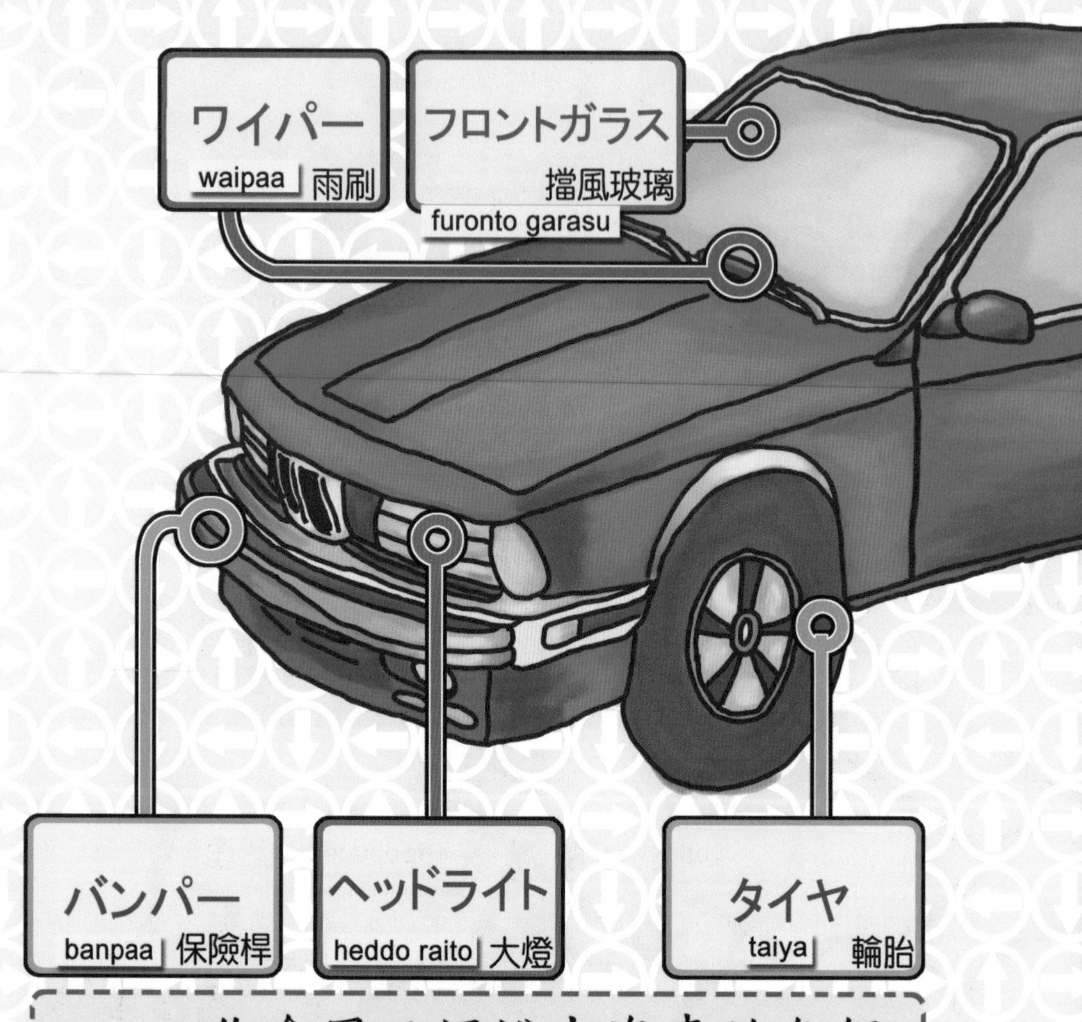

　　你會用日語說出汽車的各個部分嗎？

　　現在一面看圖，一面學學看這些單詞！

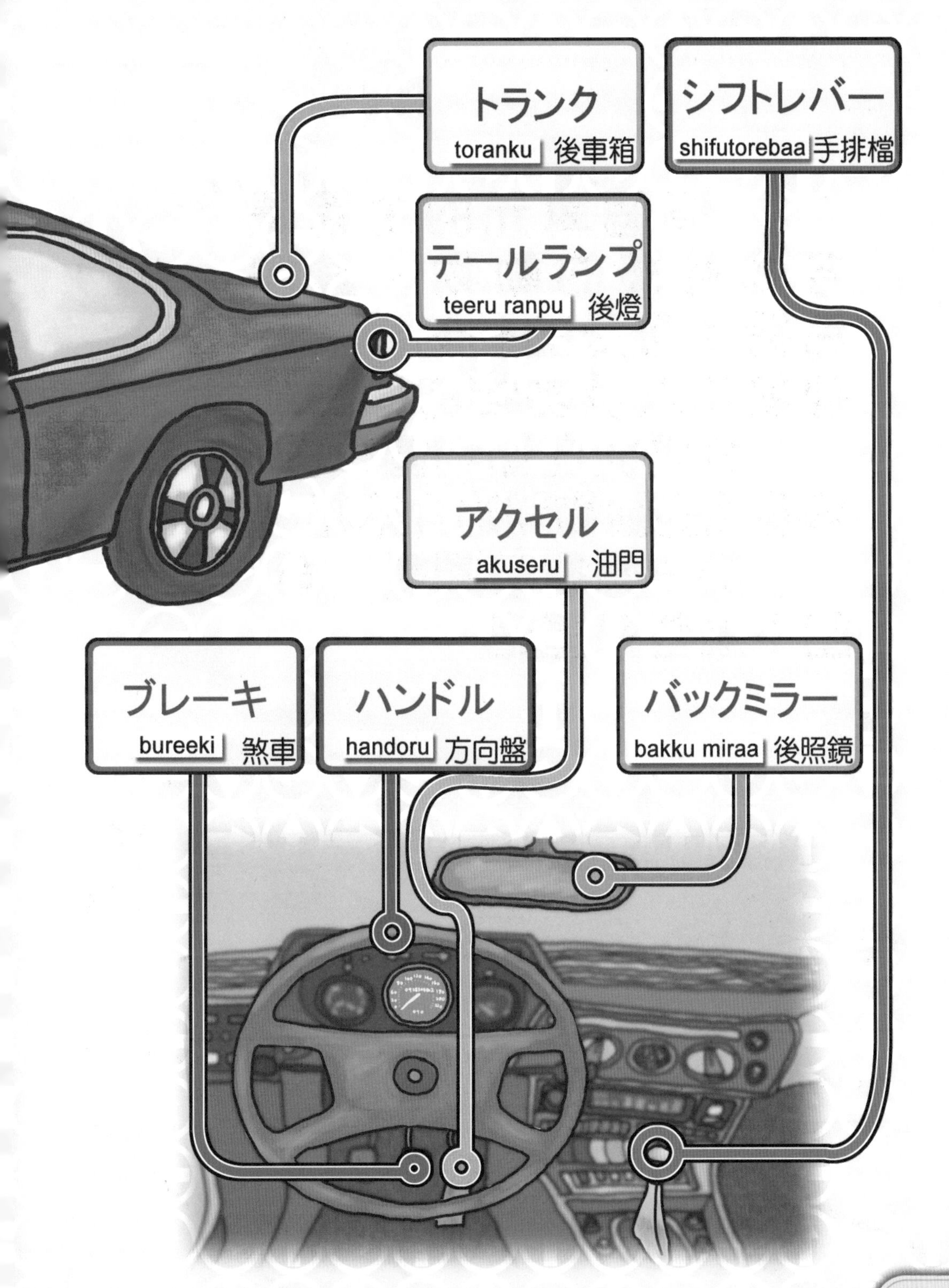
トランク
toranku 後車箱
シフトレバー
shifutorebaa 手排檔
テールランプ
teeru ranpu 後燈
アクセル
akuseru 油門
ブレーキ
bureeki 煞車
ハンドル
handoru 方向盤
バックミラー
bakku miraa 後照鏡

20 動物（どうぶつ） 動物 CD-20
doubutu

這個單元的主題是各式各樣的動物。其中包括了可愛的動物、農莊裡動物以及動物的叫聲。

我們從在動物園裡面會看見的動物開始介紹起。

請一面看著圖畫一面記下這些單詞吧。

動物園
ぞう
象
zou
大象
とら
虎
tora
老虎
うま
馬
uma
馬
おおかみ
狼
ookami
狼
ひつじ
羊
hituzi
羊
キリン
kirin
長頸鹿
さい
犀
sai
犀牛

可愛動物的照片

認識了動物園裡面的動物之後，再來看著照片，學習可愛動物的日語名稱以及各種動物的叫聲吧！

各種動物的叫聲

牧場上的動物
可愛度100%
試用日語
說出牧場上的
動物名稱。
ねずみ
鼠
nezumi
老鼠
はと
鳩
hato
鴿子
おんどり
雄鶏
ondori
公雞
ひよこ
hiyoko
小雞
へび
蛇
hebi
蛇

 おうむ 鸚鵡 oumu 鸚鵡	うし 牛 usi 牛	 がちょう 鵞鳥 gacyou 鵝
 うさぎ 兎 usagi 兔子	 はくちょう 白鳥 hakucyou 天鵝	 あひる 家鴨 ahiru 鴨

21 興趣 興味（きょうみ） kyoumi

CD-21

碁を打つ
下棋
go o utu
トランプ遊び
打撲克牌
toranpu asobi
絵を描く
畫畫
e o kaku
読書する
閱讀
dokusyo suru
ピアノを弾く
彈鋼琴
piano o hiku
魚釣り
釣魚
sakana turi
趣調查表
期：
姓名：

兩種興趣的表現法

ご趣味(しゅみ)は何(なん)ですか。

您的興趣是什麼？

gosyumi wa nandesuka

說法一

私(わたし)は音楽(おんがく)を聴(き)くのが好(す)きです。

我喜歡聽音樂。

watasi wa ongaku o kikunoga suki desu

說法二

私(わたし)は音楽(おんがく)が好(す)きです。

我喜歡音樂。

watasi wa ongaku ga suki desu

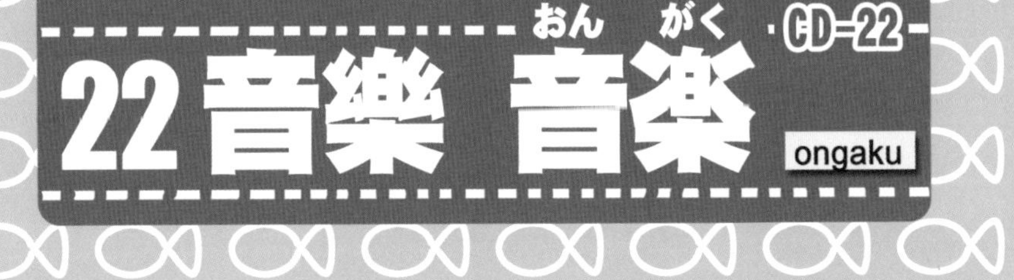

CD-22
おんがく
22 音樂 音楽
ongaku

喜歡聽音樂嗎？讓我們來學習各種和音樂相關的單詞吧。
うた
歌
uta
歌曲
おんがくか
音楽家
ongakuka
音樂家
かし
歌詞
kasi
歌詞
おんがくかい
音楽会
ongakukai
音樂會
メロディー
merodyii
曲調
りゅうこうか
流行歌
ryuukouka
流行歌曲

不同類型的音樂

喜歡聽什麼類型的音樂呢？
我喜歡聽...
ポップス 流行音樂 poppusu
クラシック音楽（おんがく） 古典樂 kurasikku ongaku
ジャズ 爵士樂 zyazu
ロック 搖滾樂 rokku

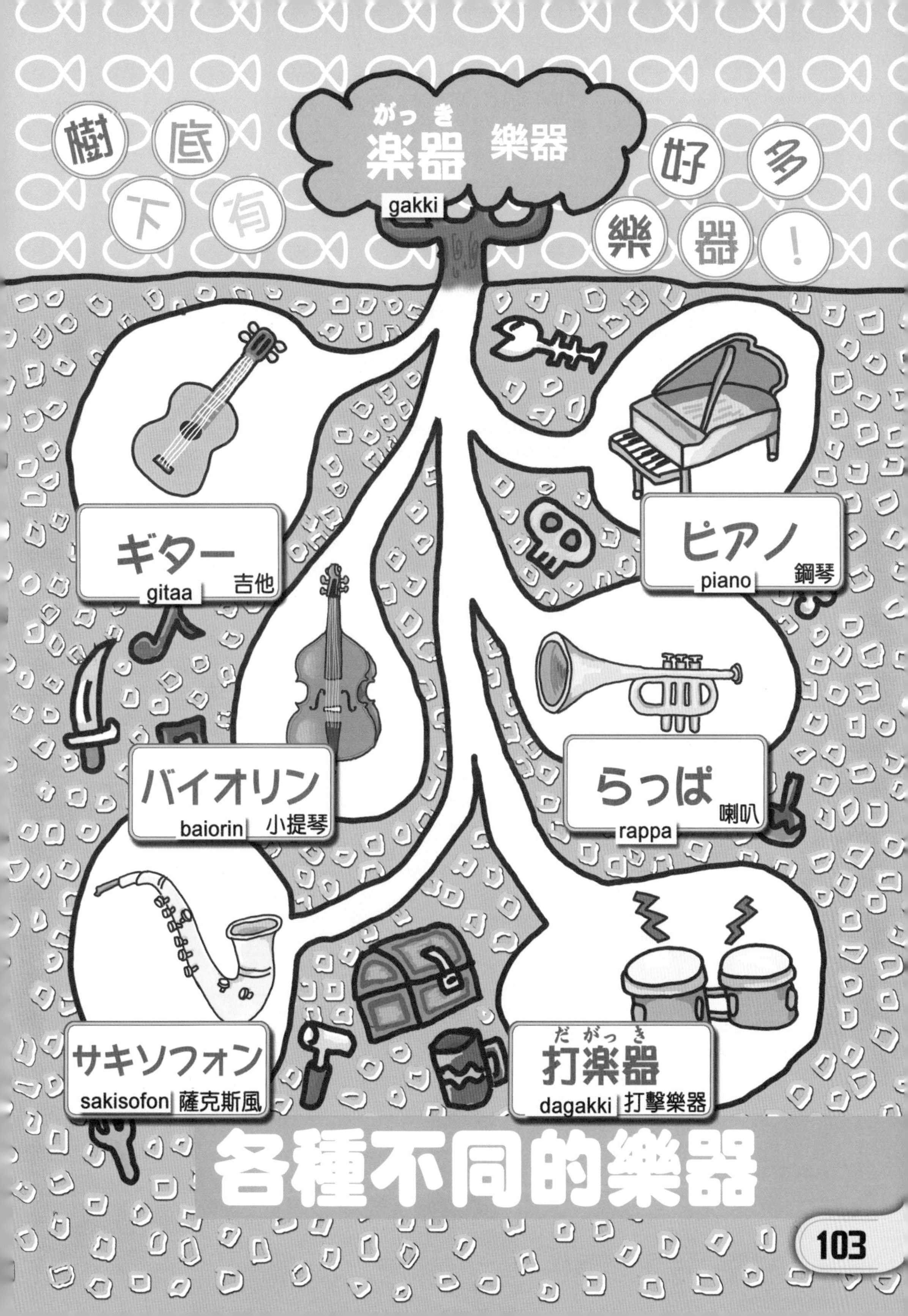

樹底下有好多樂器！
がっき
楽器 樂器
gakki
ギター
gitaa 吉他
ピアノ
piano 鋼琴
バイオリン
baiorin 小提琴
らっぱ
rappa 喇叭
サキソフォン
sakisofon 薩克斯風
だがっき
打楽器
dagakki 打擊樂器
各種不同的樂器

23 運動 運動（うんどう） undou

CD-23

你喜歡做運動嗎？在這個單元裡面，我們要介紹各種運動的日語說法。首先我們藉著電影的底片，來學習各種球類的名稱。

サッカー
sakkaa 足球
バレーボール
baree booru 排球
ゴルフ
gorufu 高爾夫球
テニス
tenisu 網球
ボウリング
bouringu 保齡球
ホッケー
hokkee 曲棍球

各式各樣的運動

你喜歡看電視上現場轉播的運動賽事嗎？

現在就讓我們看著電視螢幕學習各種運動的日語說法吧！

すいえい
水泳
suiei　游泳

ジョギング
zyogingu　慢跑

たかと
高跳び
takatobi　跳高

はばと
幅跳び
habatobi　跳遠

ボクシング
bokusingu　拳擊

じてんしゃ　の
自転車に乗る
zitensya ni noru　騎腳踏車

たい そう
体操
taisou 體操

スキー
sukii 滑雪

じゅうりょう あ
重量挙げ
zyuuryou age 舉重

ダイビング
daibingu 潛水

じょう ば
乗馬
zyouba 騎馬

やり な
槍投げ
yari nage 標槍

にほん
24 日本 日本
nihon
CD-24
とうきょう
東京タワー
東京鐵塔
toukyou tawaa
かみなりもん
雷門
kaminari mon
雷門
ふじさん
富士山
fujisan
富士山
こうきょ
皇居
koukyo
皇居
きんかくじ
金閣寺
kinkakuzi
金閣寺
ディズニーランド
迪士尼樂園
dyizunii rando

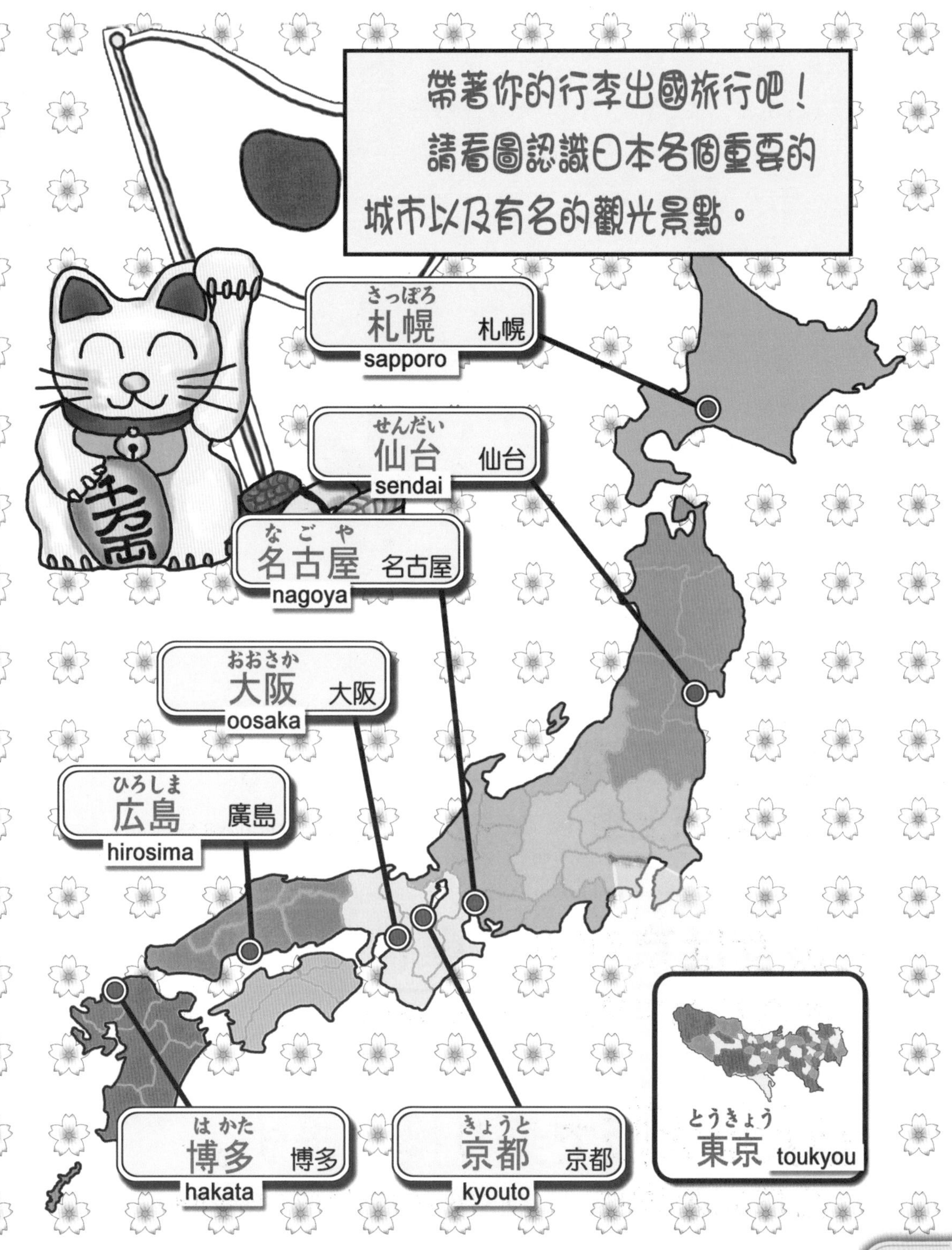
帶著你的行李出國旅行吧！
請看圖認識日本各個重要的
城市以及有名的觀光景點。
さっぽろ
札幌 札幌
sapporo
せんだい
仙台 仙台
sendai
なごや
名古屋 名古屋
nagoya
おおさか
大阪 大阪
oosaka
ひろしま
広島 廣島
hirosima
はかた
博多 博多
hakata
きょうと
京都 京都
kyouto
とうきょう
東京 toukyou

上車、下車及轉車

彼女(かのじょ)は東京(とうきょう)で乗車(じょうしゃ)します。

她在東京上車。 kanozyo wa toukyou de zyousya simasu

彼女(かのじょ)は京都(きょうと)で下車(げしゃ)します。

她在京都下車。 kanozyo wa kyouto de gesya simasu

彼女(かのじょ)は大阪(おおさか)で乗(の)り換(か)えます。

她在大阪換車。 kanozyo wa oosaka de norikae masu

訂房時的詢問語句

シングルルームはありますか。
有空的單人房嗎？
singuru ruumu wa arimasuka

ダブルルームはありますか。
有空的雙人房嗎？
daburu ruumu wa arimasuka

その部屋(へや)を予約(よやく)します。
我要訂這間房間。
sono heya o yoyaku simasu

CD-25

25 世界各國

世界(せかい)の国々(くにぐに)

sekai no kuniguni

你會用日語說出世界各國的國名嗎？在這個單元裡，讓我們一起來學習和世界各國相關的日語單詞吧！

日本(にほん) nihon 日本	中国(ちゅうごく) cyuugoku 中國	韓国(かんこく) kankoku 韓國	アメリカ amerika 美國
ドイツ doitu 德國	フランス furansu 法國	ロシア rosia 俄羅斯	イギリス igirisu 英國
ベルギ berugii 比利時	デンマーク denmaaku 丹麥	イタリア itaria 義大利	オランダ oranda 荷蘭
ポーランド poorando 波蘭	ポルトガル porutogaru 葡萄牙	スウェーデン suweeden 瑞典	スイス suisu 瑞士
カナダ kanada 加拿大	スペイン supein 西班牙	トルコ toruko 土耳其	オーストリア oosutoria 奧地利

各國語言

言語
げんご
gengo

えいご
英語
eigo 英語

世界各大洲

たい りく
大陸
tairiku

たいりく
アメリカ大陸
amerika tairiku
美洲

世界各洲用日語來表現是五大陸（ごたいりく）學完了世界各國的說法，也來學習各個大洲的日語名稱。

たいりく
ヨーロッパ大陸
yooroppa tairiku
歐洲
たいりく
アジア大陸
azia tairiku
亞洲
たいりく
アフリカ大陸
afurika tairiku
非洲
きた
北 北方
kita
oosutoraria tairiku
たいりく
オーストラリア大陸
澳洲
にし
西 西方
nisi
ひがし
東 東方
higasi
みなみ
南 南方
minami

26 大自然 大自然

だいしぜん

CD-26

daisizen

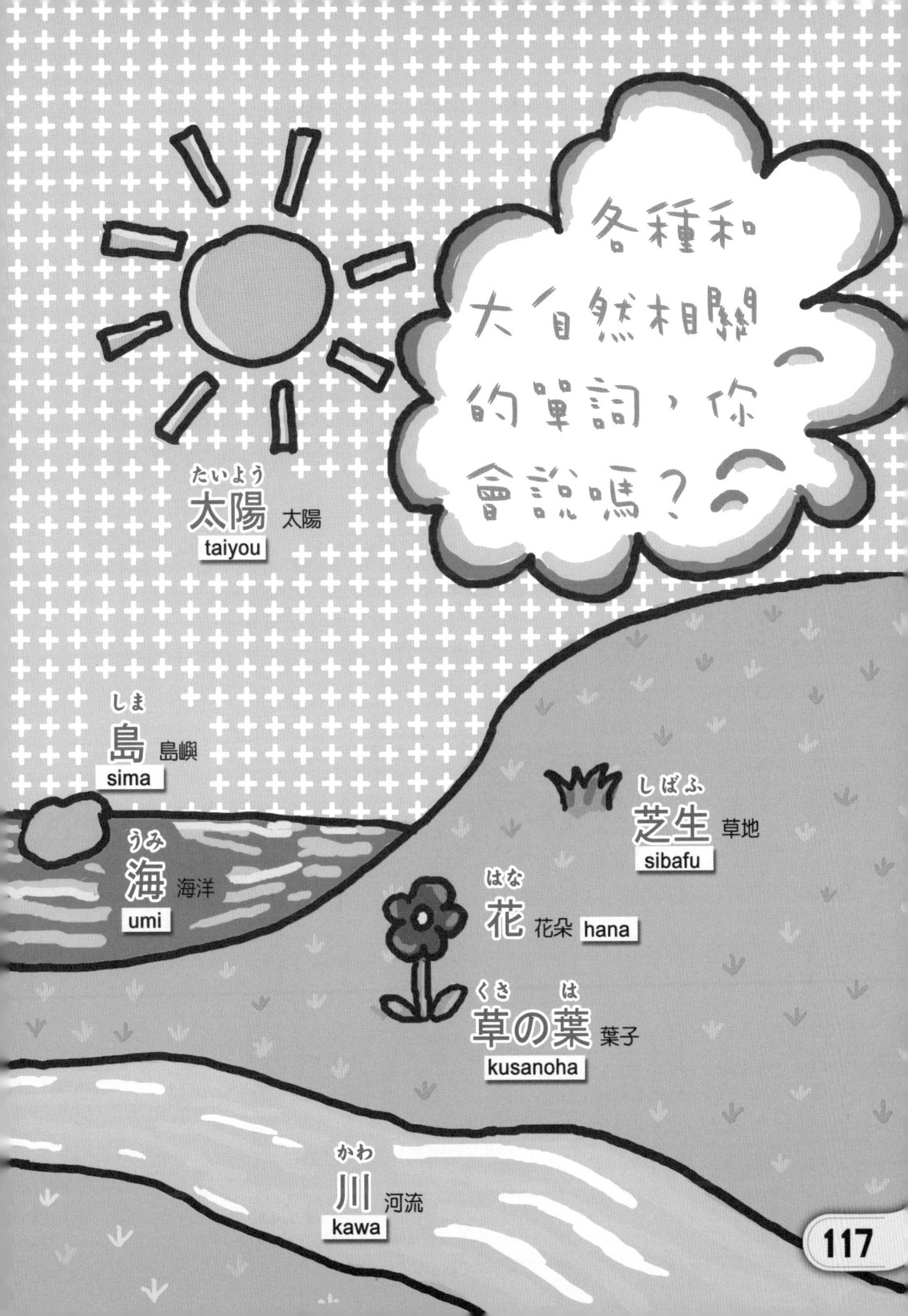
各種和大自然相關的單詞，你會說嗎？
たいよう
太陽 太陽
taiyou
しま
島 島嶼
sima
うみ
海 海洋
umi
しばふ
芝生 草地
sibafu
はな
花 花朵 hana
くさ は
草の葉 葉子
kusanoha
かわ
川 河流
kawa

樹木的各個部分

1. 果実（かじつ） 果實 kazitu
2. 枝（えだ） 樹枝 eda
3. 小枝（こえだ） 細枝 koeda
4. 木の幹（きのみき） 樹幹 ki no miki
5. 木の根（きのね） 樹根 ki no ne

27 天氣　天気（てんき）tenki CD-27

氣象報告的時間到了！看氣象報告學日語單詞吧！

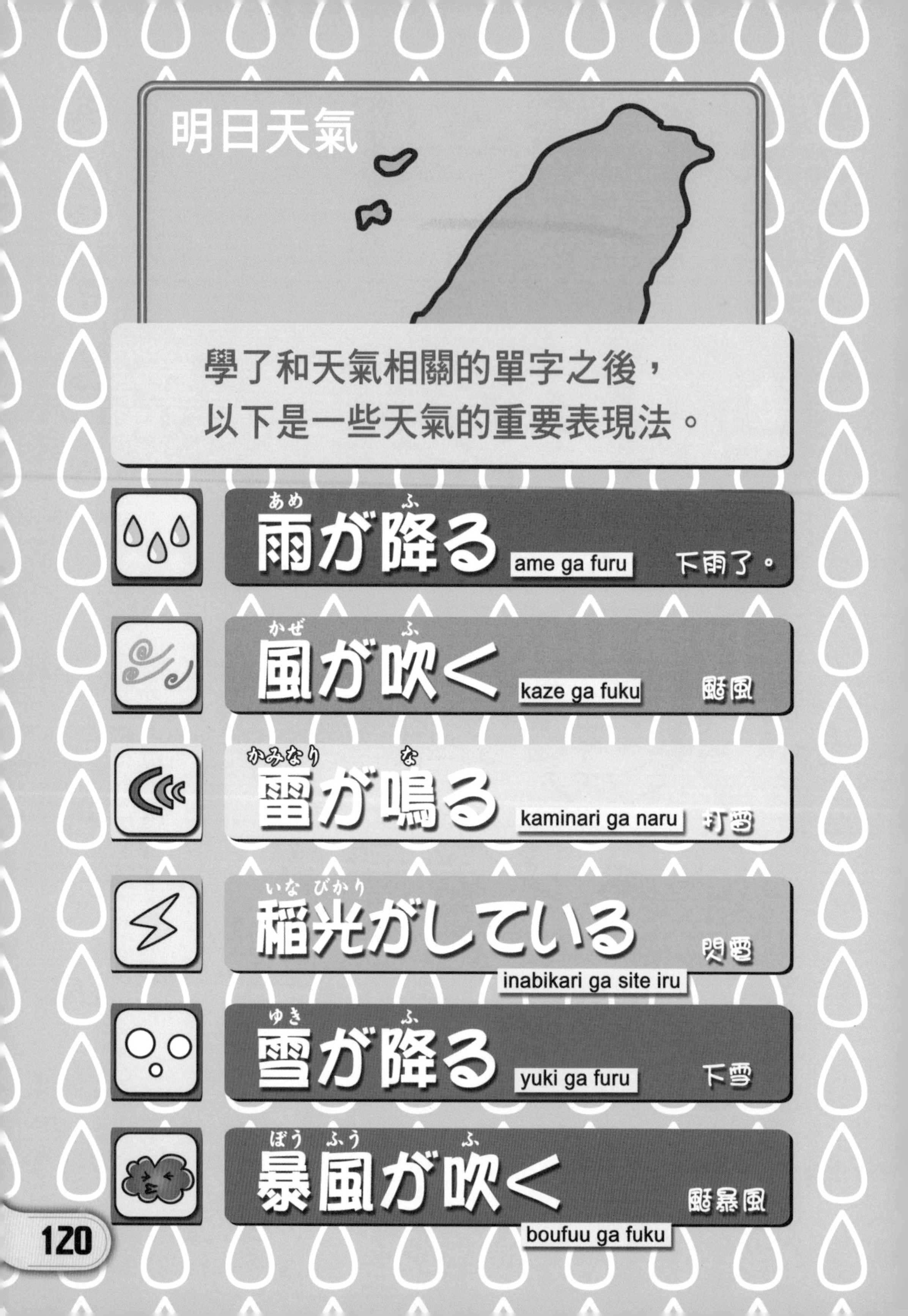

明日天氣
學了和天氣相關的單字之後，
以下是一些天氣的重要表現法。
雨(あめ)が降(ふ)る
ame ga furu
下雨了。
風(かぜ)が吹(ふ)く
kaze ga fuku
颳風
雷(かみなり)が鳴(な)る
kaminari ga naru
打雷
稲光(いなびかり)がしている
閃電
inabikari ga site iru
雪(ゆき)が降(ふ)る
yuki ga furu
下雪
暴風(ぼうふう)が吹(ふ)く
颳暴風
boufuu ga fuku

28 宇宙 宇宙

うちゅう CD-28

ucyuu

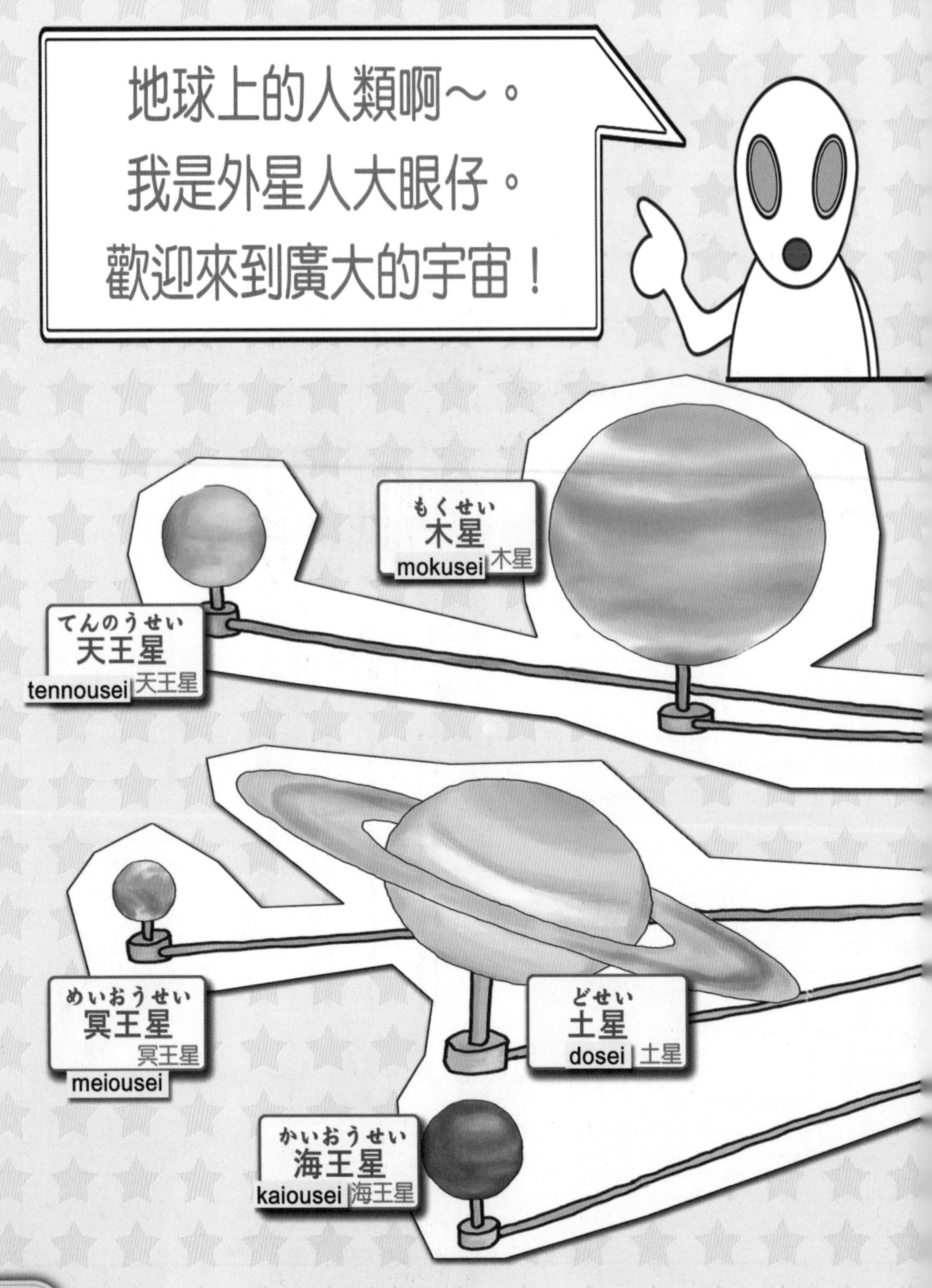
地球上的人類啊～。
我是外星人大眼仔。
歡迎來到廣大的宇宙！
もくせい
木星
mokusei 木星
てんのうせい
天王星
tennousei 天王星
めいおうせい
冥王星
冥王星
meiousei
どせい
土星
dosei 土星
かいおうせい
海王星
kaiousei 海王星

其他和宇宙有關係的單詞

太陽系（たいようけい）	太陽系	taiyoukei
銀河（ぎんが）	銀河	ginga
彗星（すいせい）	彗星	suisei
流れ星（ながれぼし）	流星	nagarebosi

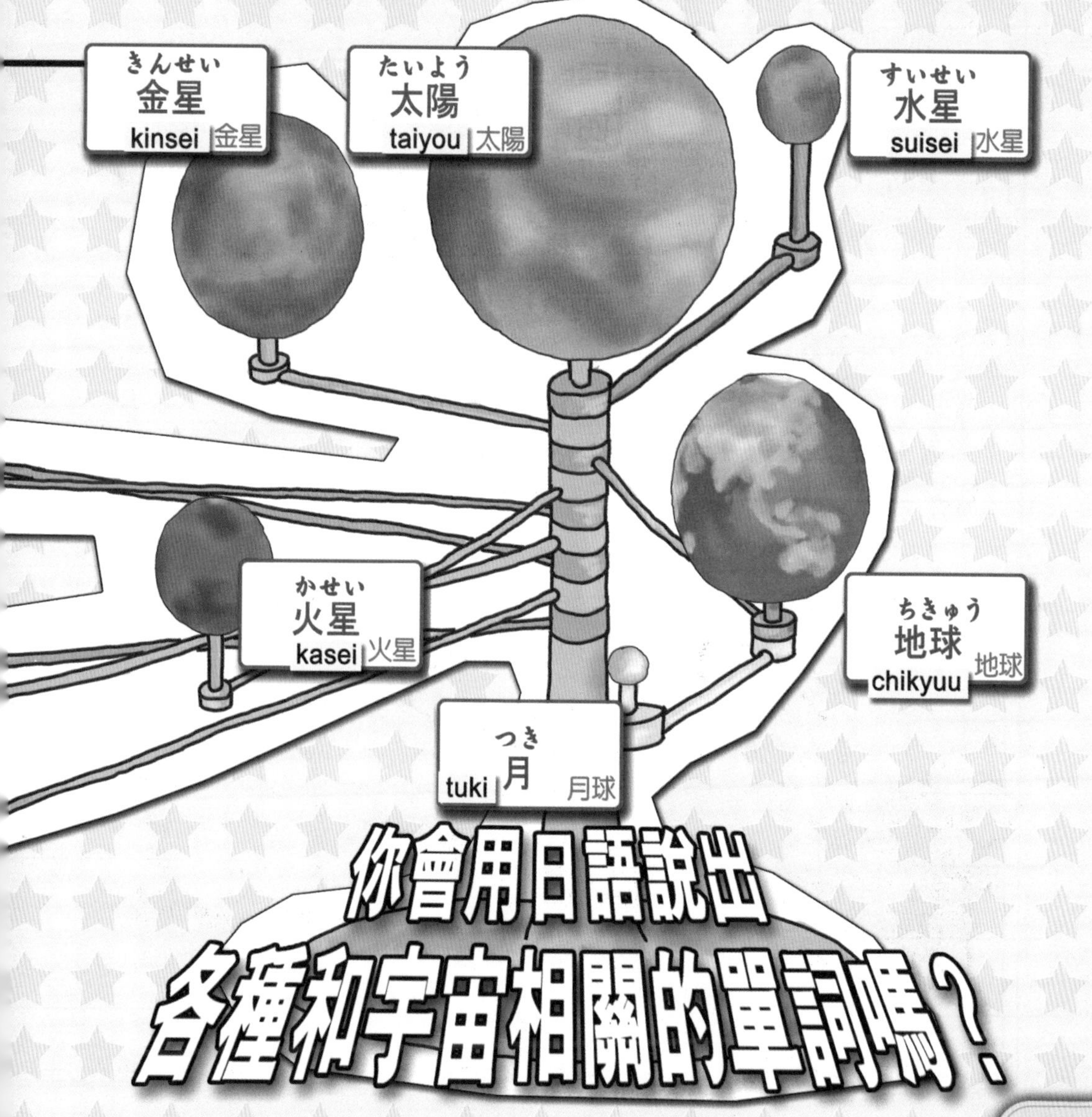

你會用日語說出各種和宇宙相關的單詞嗎？

29 星座 星座

せいざ　seiza　CD-29

你是屬於什麼星座呢？
看著本單元的圖形，
來學習各個星座的說法吧！

てんびんざ
天秤座
tenbinza 天秤座
さそりざ
蠍座
sasoriza 天蠍座
いてざ
射手座
iteza 射手座
やぎざ
山羊座
yagiza 摩羯座
みずがめざ
水瓶座
mizugameza 水瓶座
うおざ
魚座
uoza 雙魚座

CD-30

30 人稱代名詞

人称代名詞（にんしょうだいめいし）

日語即時通訊

好想學好日語···（線上）

請看下面的表格學習人稱代名詞 ▼

我說：「我」的日文是「私（わたし）」。 watasi

你說：「你」的日文是「あなた」。 anata

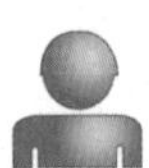

他說：「他」的日文是「彼（かれ）」。 kare

她說：「她」的日文是「彼女（かのじょ）」。

您說：「您」的日文是「貴方（あなた）」。 anata

我們說：「我們」的日文是「私達（わたしたち）」。 watasitachi

你們說：「你們」的日文是「あなたたち」。 anatatachi

他們說：「他們」的日文是「彼ら」。 karera

我的所有格：私（わたし）の

watasino

我的電腦：

私（わたし）のパソコン

watasi no pasokon

你的所有格：あなたの

anatano

你的滑鼠：

あなたのマウス

anata no mausu

本單元說明

本單元介紹各種人稱代名詞。包括了每個人稱代名詞及所有格。請看著即時通訊的對話框來學習各個單詞。

他的所有格：彼（かれ）の

kareno

他的杯子：

彼（かれ）のカップ

kare no kappu

她的所有格：彼女（かのじょ）の

kanozyono

她的包包：

彼女（かのじょ）のカバン

kanozyo no kaban

您的所有格：貴方（あなた）の

anatano

您的信用卡：

貴方（あなた）のクレジットカード

anata no kurezitto kaado

我們的所有格：私（わたし）たちの

watasitachino

我們的房間：

私（わたし）たちの部屋（へや）

watasitachi no heya

你們的所有格：あなた達（たち）の

anatatachino

你們的計畫：

あなた達（たち）の計画（けいかく）

anatatachi no keikaku

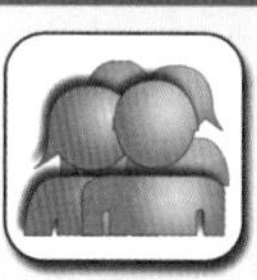

他們的所有格：彼（かれ）らの

karerano

他們的行李：

彼（かれ）らの荷物（にもつ）

karera no nimotu

CD-31

31 打招呼用語

あいさつ
挨拶
aisatu

哈囉！...你好嗎？
讓我們一起來學習日語的
打招呼用語吧！

早上碰到朋友，十點以前說：
おはよう 早安！ ohayou

平常碰到任何人，打招呼說：
こんにちは 你好！ konnichiwa

晚上向人打招呼，可以說：
こんばんは 晚上好！ konbanwa

22 00

睡覺之前，可以說：
おやすみ 晚安！ oyasumi

ようこそ 歡迎！
youkoso
さようなら 再見！
sayounara
楽（たの）しんで 玩得愉快！
tanosinde
また明日（あした） 明天見！
mata asita
残念（ざんねん） 好可惜！
zannen
なるほど 原來如此！
naruhodo
收到別人的禮物，或想要表達感謝的時候可以說：
ありがとう 謝謝！ arigatou
いいえ 不客氣！
iie
不小心打破杯子，或想要表達歉意的時候可以說：
すみません 對不起！ sumimasen
かまいません 沒關係！
kamaimasen
路上碰到認識的人，想問對方好不好的時候可以說：
お元気（げんき）ですか 您好嗎？
o genki desu ka
元気（げんき）です 我很好。
genki desu

CD-32

32自我介紹

自己紹介（じこしょうかい）

ziko syoukai

你要做自我介紹嗎？本單元要介紹和這個主題相關的句子...

お国（くに）はどこですか。

您是哪裡人呢？

o kuni wa doko desu ka

私（わたし）は+ 國籍 + です。

私（わたし）は日本人（にほんじん）です。

watasi wa nihonzin desu

我是日本人。

要問對方的名字時，可以說...

お名前(なまえ)は何(なん)と言(い)いますか。

您叫什麼名字？

o namae wa nan to ii masu ka

私は + 姓名。

私(わたし)は真理子(まりこ)。

watasi wa mariko desu

我叫眞理子。

私(わたし)の名前(なまえ)は + 姓名 + です。

私(わたし)の名前(なまえ)は真理子(まりこ)です。

我的名字是眞理子。

watasi no namae wa mariko desu

要問對方年紀時，用這句話...

おいくつですか。

您幾歲呢？

o ikutu desu ka

私(わたし)は + ＿＿ 歳(さい) +です。

私(わたし)は十八歳(じゅうはっさい)です。

我十八歲。

watasi wa zyuuhassai desu

33 數字　数字（すうじ） suuzi

CD-33

哈哈，玩撲克牌的時間到了！讓我們一面玩著撲克牌，一面學習日語的數字說法吧！

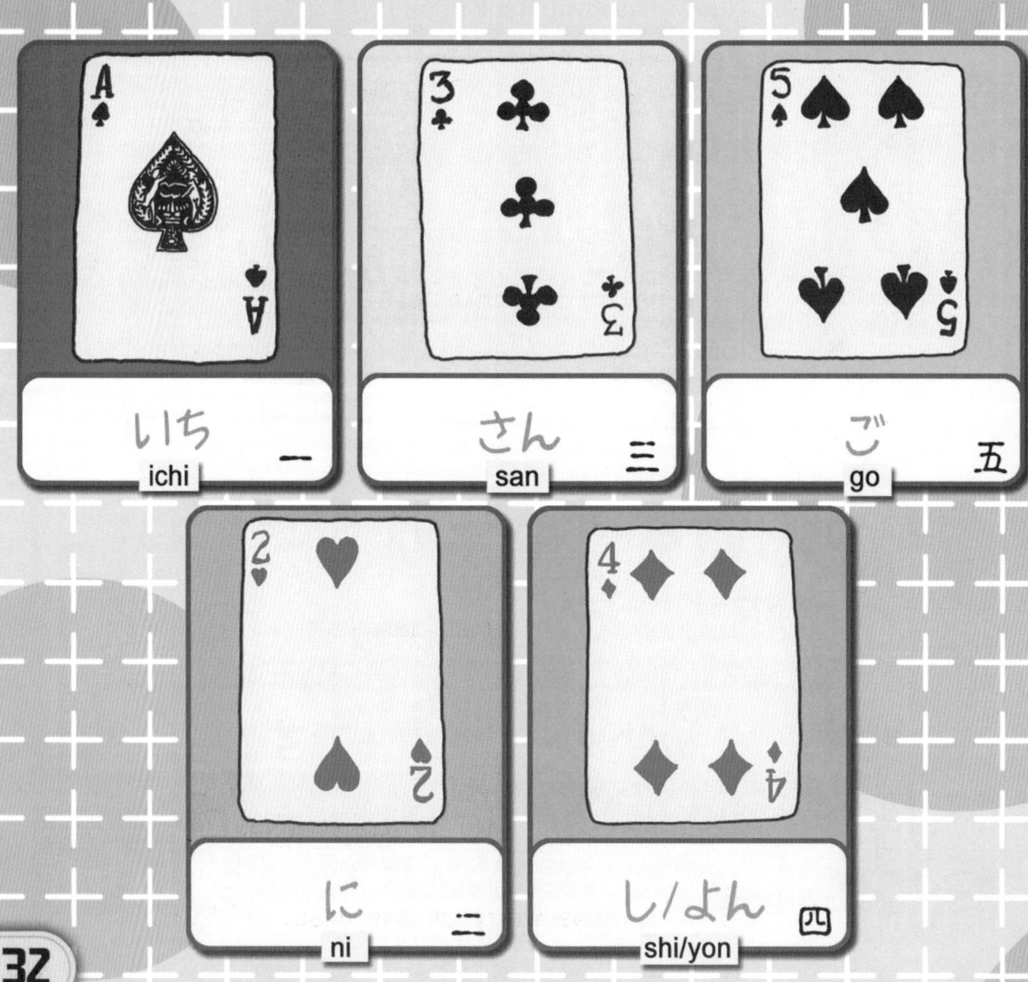

ろく
六
roku
はち
八
hachi
じゅう
十
zyuu
しち / なな
七
sichi / nana
く / きゅう
九
ku / kyuu

更多更多的數字

打完撲克牌，現在來玩撞球啦！

利用這些撞球，來學習更多的日語數字。

11	12	13	14
zyuu ichi	zyuu ni	zyuu san	zyuu yon / zyuusi
じゅういち	じゅうに	じゅうさん	じゅうよん/じゅうし

15	16	17	18
zyuu go	zyuu roku	zyuu sichi / zyuu nana	zyuu hachi
じゅうご	じゅうろく	じゅうしち / じゅうなな	じゅうはち

zyuu kyuu/ zyuu ku
じゅうきゅう/じゅうく

nizyuu
にじゅう

nizyuu ichi
にじゅういち

nizyuu ni
にじゅうに

sanzyuu
さんじゅう

sanzyuu ichi
さんじゅういち

sanzyuu ni
さんじゅうに

yonzyuu
よんじゅう

yonnzyuu kyuu /yonzyuuku
よんじゅうきゅう/よんじゅうく

gozyuu
ごじゅう

rokuzyuu
ろくじゅう

nanazyuu/sichizyuu
ななじゅう/しちじゅう

nanazyuu go /sichizyuu go
ななじゅうご/しちじゅうご

hachizyuu
はちじゅう

kyuuzyuu
きゅうじゅう

hyaku
ひゃく

序數及分數

いちばん
一番
ichiban 第一的

に ばん
二番
niban 第二的

さんばん
三番
sanban 第三的

你喜歡跑步嗎？現在來到了運動場，試試看說出誰跑第一、誰又跑第二呢？

運完動以後，來吃個蛋糕吧！一面吃蛋糕，一面學習日語分數的講法。

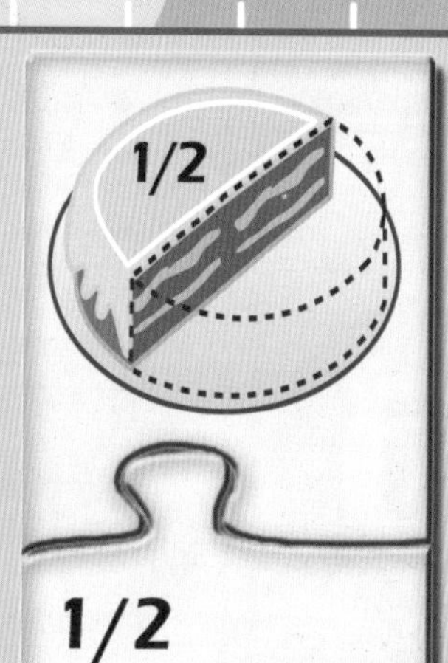

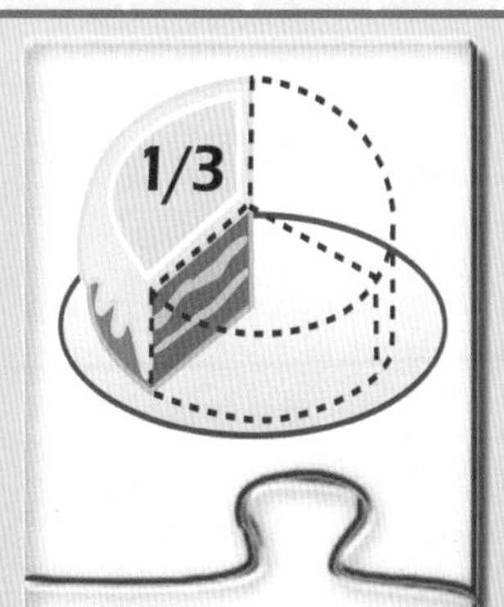

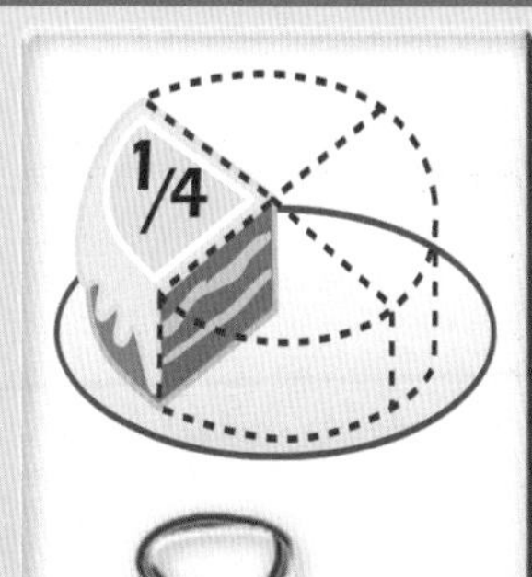

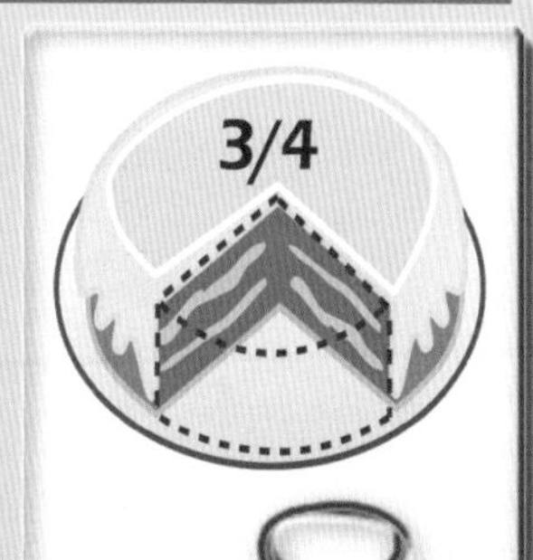

1/3

さんぶん いち
三分の一
san bun no ichi

1/4

よんぶん いち
四分の一
yon bun no ichi

3/4

よんぶん さん
四分の三
yon bun no san

34 形狀 形（かたち） katachi

CD-34

上課了！同學們，看著黑板上的圖形，來學習用日語說出各種形狀。

しかくけい
四角形 四邊形
sikakukei

さんかくけい
三角形 三角形
sankakukei

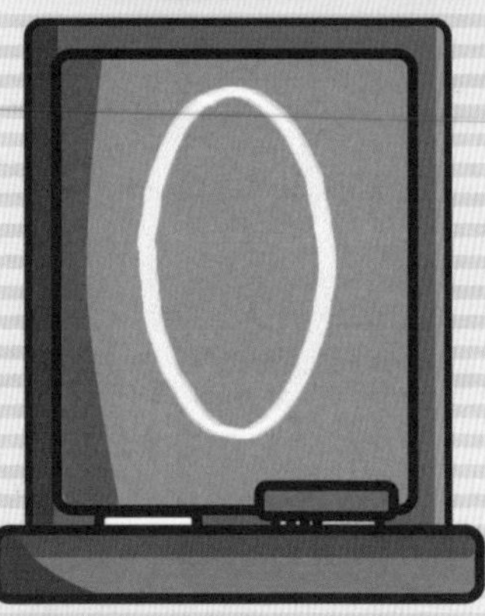

だえんけい
楕円形 橢圓形
da enkei

えんけい
円形 圓形
enkei

りっぽうたい
立方体 立方體
rippoutai

きゅうたい
球体 圓球體
kyuutai

えんちゅう
円柱
圓柱體
enchyuu
えんすい
円錐
圓錐體
ensui
しかくすい
四角錐
角錐體
sikakusui

35 顏色　色（いろ） iro

CD-35

調皮搗蛋的小朋友把各種顏色的油漆倒的到處都是。

你會用日語說出這些油漆的顏色嗎？

赤（あか）	オレンジ色（いろ）	黄色（きいろ）	緑（みどり）
紅色	橘色	黃色	綠色
aka	orenzi iro	kiiro	midori

こん
紺 藍色
kon

むらさき
紫 紫色
murasaki

くろ
黒 黑色
kuro

しろ
白 白色
siro

除了上頁介紹的各種顏色以外，還有更多關於顏色的單詞。看看下面的花朵，學習如何用日語說出這些花的顏色。

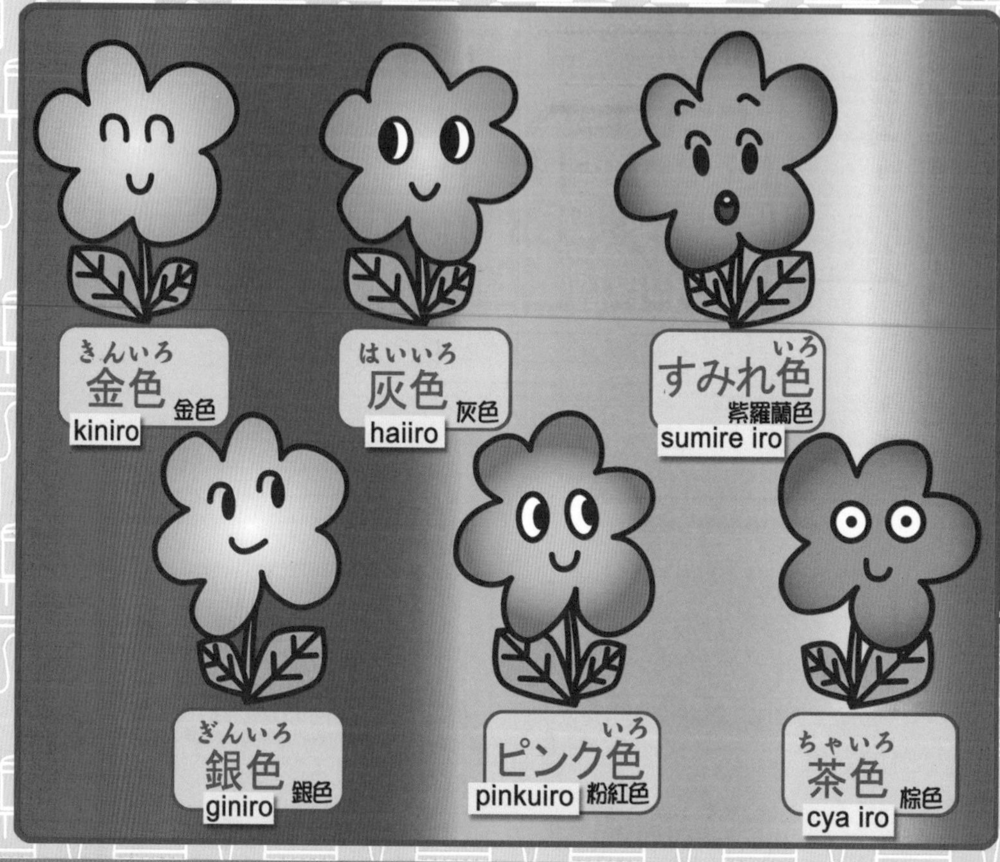

各種和顏色相關的單詞

いろ こ
色が濃い
深色的 iro ga koi

いろ あさ
色が浅い
iro ga asai 淺色的

しろくろ
白黒
單色的 sirokuro

たさい
多彩な
tasai na 彩色的

和顏色相關的表現法

顔(かお)が青(あお)くなる

臉都綠了。 kao ga aoku naru

日文和中文一樣，碰到驚嚇的事情時，人是會變臉的。「臉都綠了」用日文來說是「顔が青くなる」。

朱(しゅ)に交(まじ)われば赤(あか)くなる

近朱者赤。 syu ni maziwareba akaku naru

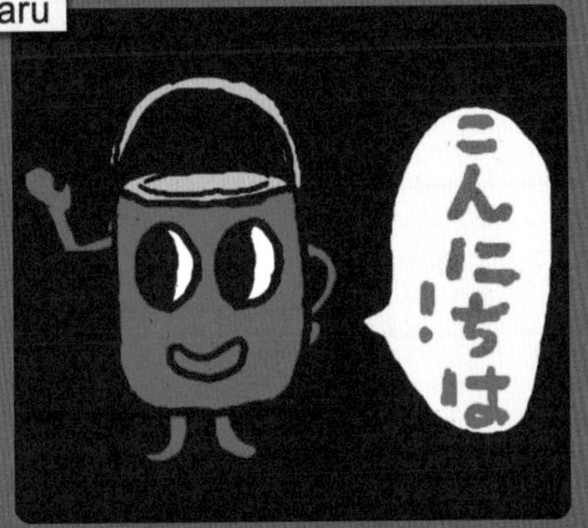

這是另一個和顏色相關的表現法。如果我們要用日文表現「近朱者赤」的話，可以說「朱に交われば赤くなる」。

36 時間(じかん) 時間 zikan

CD-36

今日(きょう)は何曜日(なんようび)ですか。

今天星期幾？ kyou wa nan youbi desu ka

今日(きょう)は水曜日(すいようび)です。

今天禮拜三。 kyou wa sui youbi desu

在這個單元裡面，我們介紹各種和時間相關的表現法。你會用日語問別人今天禮拜幾嗎？

用日文詢問日子時，可以用「今日は何曜日ですか。」這樣的問句。

年份

年(ねん) nen

一星期的七天

日(ひ/にち) hi/nichi

週一 月曜日(げつようび) getu youbi

週二 火曜日(かようび) ka youbi

週三 水曜日(すいようび) sui youbi

週四 木曜日(もくようび) moku youbi

週五 金曜日(きんようび) kin youbi

週六 土曜日(どようび) do youbi

週日 日曜日(にちようび) nichi youbi

今日（きょう）は何日（なんにち）ですか。
kyou wa nan nichi desu ka
今天幾號？

今日（きょう）は
四月（しがつ）二十五（にじゅうご）日（にち）です。
今天是四月二十五號。
kyou wa si gatu nizyuu go nichi desu

你會用日語詢問今天是幾月幾號嗎？
想要用日文問這樣的問題可以用下面的句子：

今日は何日ですか。

月份

月（がつ） gatu

一月	いちがつ	ichi gatu
二月	にがつ	ni gatu
三月	さんがつ	san gatu
四月	しがつ	si gatu
五月	ごがつ	go gatu
六月	ろくがつ	roku gatu
七月	しちがつ	sichi gatu
八月	はちがつ	hachi gatu
九月	くがつ	ku gatu
十月	じゅうがつ	zyuu gatu
十一月	じゅういちがつ	zyuuichi gatu
十二月	じゅうにがつ	zyuuni gatu

手錶上的時間

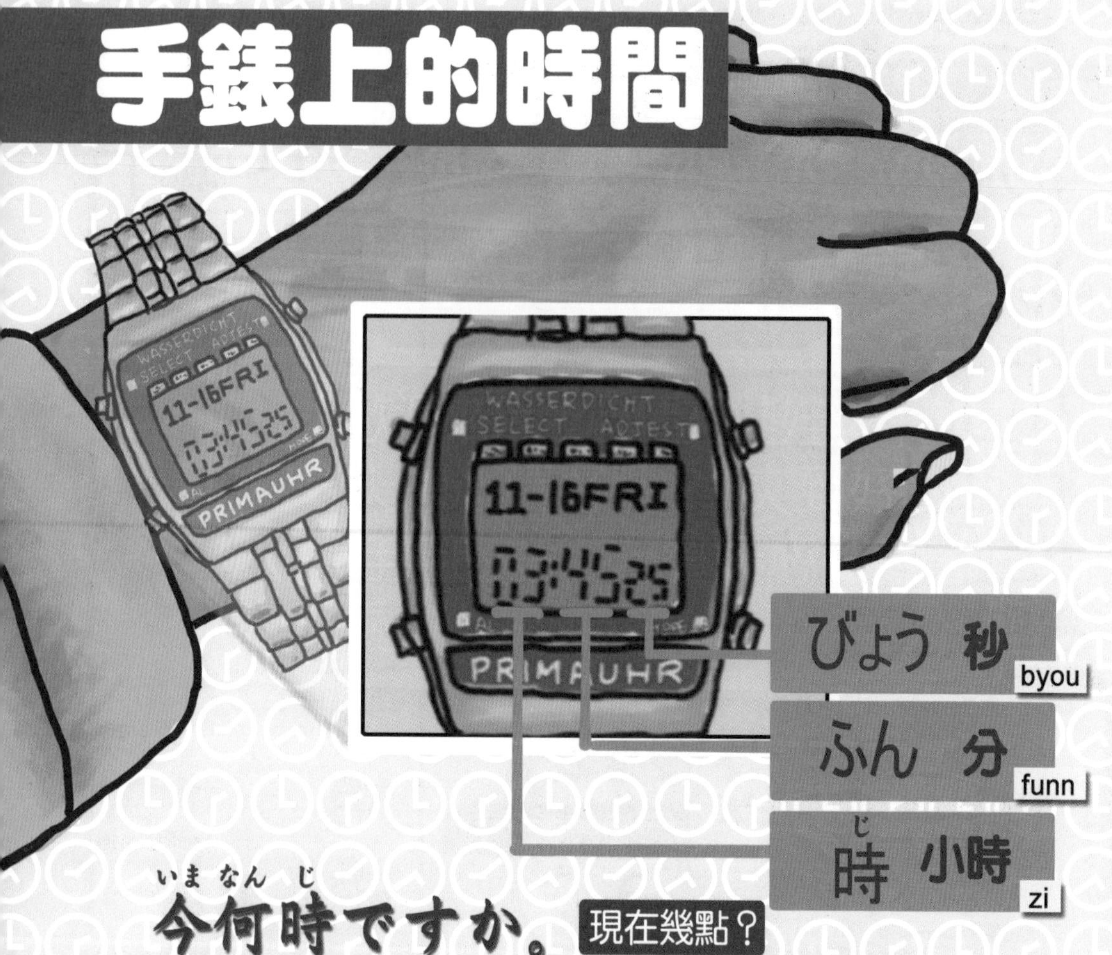

今何時ですか。 現在幾點？

ima nan zi desu ka

今は三時四十五分です。

ima wa san zi yonzyuugo fun desu

現在是三點四十五分。

用日語詢問時間

日語的「秒」是びょう，「分」是ふん，「小時」是時。

用日語詢問時間，可以用今何時ですか。這樣的問句。回答的時候，可以用今は+時間+です。這樣的句型來告訴別人當時的時間。

日語時間的表達法

いま
今は ...
ima wa

はちじ
八時です。
hachi zi desu

じゅううじよんじゅうごふん
十時四十五分です。
zyuu zi yonzyuugo fun desu

に じじゅうごふん
二時十五分です。
ni zi zyuugo fun desu

よ じ ななふん
四時七分です。
yozi nana fun desu

はちじ ごじゅうななふん
八時五十七分です。
hachi zi gozyuunana fun desu

いち じ はん
一時半です。
ichizi han desu

用日語回答現在的時間

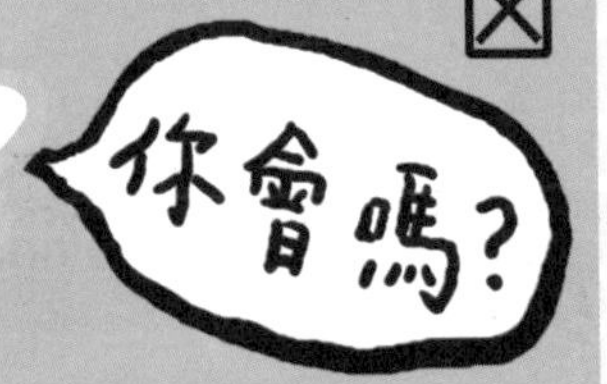

在前面的單元裡，我們介紹過數字的說法，現在配合本單元的主題，來說出各個不同的時間。

早(はや)い
hayai
早的

時間通(じかんどお)り
zikan doori
準時的

遅(おそ)い
osoi
遲的

▶電車(でんしゃ)が時間通(じかんどお)りに来(き)ました。火車準點。
densya ga zikan doori ni kimasita

▶電車(でんしゃ)が遅(おく)れています。火車遲到了。
densya ga okurete imasu

▶電車(でんしゃ)が早(はや)く着(つ)きました。火車早到了。
densya ga hayaku tukimasita

遅(おく)れている
okurete iru
走慢了

合(あ)っている
atte iru
準時的

進(すす)んでいる
susunde iru
走快了

止(と)まっている
tomatte iru
停住不走

▶私(わたし)の時計(とけい)は遅(おく)れています。我的錶慢了。
watasi no tokei wa okurete imasu

▶私(わたし)の時計(とけい)は合(あ)っています。我的錶很準。
watasi no tokei wa atte imasu

▶私(わたし)の時計(とけい)は進(すす)んでいます。我的錶快了。
watasi no tokei wa susunde imasu

▶私(わたし)の時計(とけい)は止(と)まっています。我的錶停了。
watasi no tokei wa tomatte imasu

各種有用的時間表現法

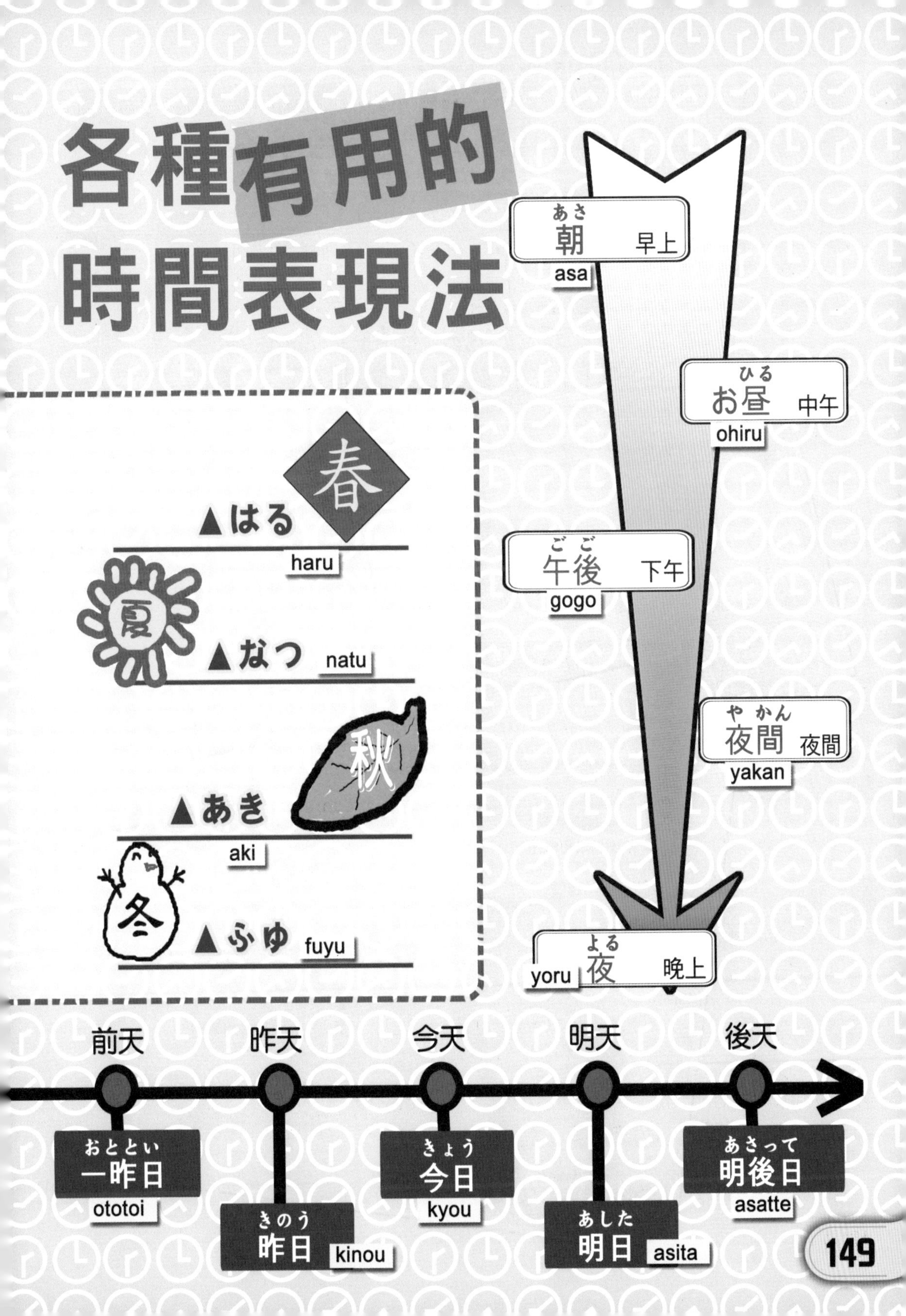

あさ
朝 早上
asa
ひる
お昼 中午
ohiru
ごご
午後 下午
gogo
やかん
夜間 夜間
yakan
よる
yoru 夜 晚上
春
▲はる
haru
夏
▲なつ natu
秋
▲あき
aki
冬
▲ふゆ fuyu
前天
昨天
今天
明天
後天
おととい
一昨日
ototoi
きのう
昨日
kinou
きょう
今日
kyou
あした
明日
asita
あさって
明後日
asatte

37 節日　祭日（さいじつ）saizitu ・CD-37

在筆記本上面記下了好多節日的日語說法。現在把所有的頁面都撕下來放在桌上。來個總複習，記下各種節日的說法。

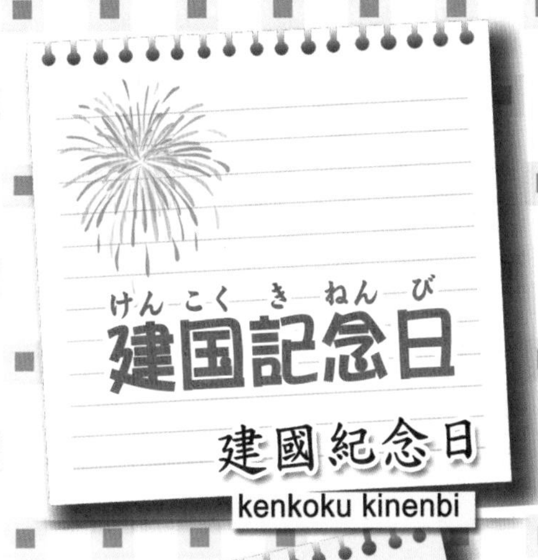
けんこくきねんび
建国記念日
建國紀念日
kenkoku kinenbi

バレンタインデー
barentaindee 情人節

たんじょうび
誕生日
生日
tanzyoubi

イースター
復活節
iisutaa

なつやす
夏休み
暑假
natuyasumi

ふゆやす
冬休み
寒假
fuyuyasumi

國家圖書館出版品預行編目資料

日語大獻寶 哈日族自學手冊 / 魏 巍、王淑惠編著
--初版--. 臺北市：書泉, 2009. 08
面； 公分. --(日語教室：1)
ISBN: 978-986-121-513-6 (平裝附光碟片)
1.日語 2.詞彙
803.12 98009228

3A85 日語教室01

日語大獻寶 哈日族自學手冊

編著者：魏 巍、王淑惠
發行人：楊榮川
總編輯：龐君豪
主 編：魏 巍
插 畫：魏 巍
封面設計：魏巍
出版者：書泉出版社
地 址：106 台北市大安區和平東路二段339號4樓
電 話：(02)2705-5066 傳 真：(02)2706-6100
網 址：http://www.wunan.com.tw
電子郵件：shuchuan@shuchuan.com.tw
劃撥帳號：0 1 3 0 3 8 5 3
戶 名：書泉出版社
總經銷：聯寶國際文化事業有限公司
電 話：(02)2695-4083
地 址：台北縣汐止市康寧街169巷27號8樓
法律顧問：元貞聯合法律事務所 張澤平律師
出版日期：2009年8月初版一刷
2009年9月初版二刷
定 價：新台幣280元

日語大獻寶

MP3 / CD 曲目

曲目01　日語發音
曲目02　身體
曲目03　動作
曲目04　外貌
曲目05　情緒
曲目06　家庭
曲目07　住家
曲目08　教室
曲目09　文具
曲目10　食物
曲目11　味道
曲目12　蔬菜
曲目13　水果
曲目14　職業
曲目15　建築物
曲目16　信件
曲目17　病痛
曲目18　衣物
曲目19　交通
曲目20　動物
曲目21　興趣
曲目22　音樂
曲目23　運動
曲目24　日本
曲目25　世界各國
曲目26　大自然
曲目27　天氣
曲目28　宇宙
曲目29　星座
曲目30　人稱代名詞
曲目31　打招呼用語
曲目32　自我介紹
曲目33　數字
曲目34　形狀
曲目35　顏色
曲目36　時間
曲目37　節日

光碟使用方法

播放互動光碟：

按左下角的開始進入[我的電腦]
在本光碟上方按右鍵看到選單
選取[自動播放]

播放CD音訊檔：

按左下角的開始進入[我的電腦]
在本光碟上方按右鍵看到選單
選取[播放]或是[play]

播放mp3音訊檔：

按左下角的開始進入[我的電腦]
在本光碟上方按右鍵看到選單
選取[開啓]
找到mp3資料夾即可播放

列印50音練習冊PDF檔案：

可從互動光碟選單選入檔案 或
按左下角的開始進入[我的電腦]
在本光碟上方按右鍵看到選單
選取[開啓]
找到PDF練習檔即可打開列印